Los bisontes de Altamira

Alberto Vázquez-Figueroa

KOLIMA
BOOKS

Categoría: Novelas | Colección: Novela histórica

Título original: *Los bisontes de Altamira*

Primera edición: Abril 2019

www.editorialkolima.com

Autor: Alberto Vázquez-Figueroa
Dirección editorial: Marta Prieto Asirón
Diseño de cubierta: Silvia Vázquez-Figueroa
Imágenes: @Shutterstock
Maquetación: Carolina Hernández Alarcón

ISBN: 978-84-17566-28-9
Depósito legal: M-12526-2019
Impreso en España

PRÓLOGO

No es fácil reflejar en palabras el privilegio que ha supuesto para mí seguir de cerca el proceso creativo de esta novela. Alberto Vázquez-Figueroa me ha brindado la más maravillosa de las experiencias al convertirme en testigo de excepción del nacimiento de *Los bisontes de Altamira* desde el mismo instante en que alumbró la idea en su imaginación.

He sido de los primeros afortunados en descubrir la historia novelada de un antepasado muy remoto, aquí bautizado como Ansoc, el gran pintor que hace alrededor de 15.000 años convirtió una cueva en el más asombroso escenario de la vocación artística y el excepcional talento creativo del ser humano.

Miles de años después, artistas de todos los estilos y procedencias siguen volviendo sus ojos con admiración a esa cueva y a ese creador, que inspiró las reveladoras palabras atribuidas a Pablo Picasso: «*Desde Altamira todo es decadencia*».

Me siento profundamente honrado y agradecido por el extraordinario regalo que ha supuesto para mí adentrarme desde el primer borrador en la historia, el entorno, las peripecias vitales y los sentimientos que pudieron forjar y dar forma a ese inolvidable pintor milenario.

Línea tras línea, página a página, he disfrutado del oficio y el arte que rezuma la pluma de Vázquez-Figueroa, quien vuelve a revelar en esta novela todo el ingenio que le ha consagrado como uno de los más prolíficos y reputados escritores de la España contemporánea.

Gracias Alberto por esta maravillosa criatura que ahora pones al alcance de todos. Estoy seguro de que tus lectores compartirán mi entusiasmo, y a buen seguro que despertarás en ellos el interés y la ilusión por conocer de primera mano el escenario que sirvió de inspiración a Ansoc y que hoy preserva orgulloso su legado. Os espero a todos siempre en Altamira, en Cantabria.

Miguel Ángel Revilla
Presidente de Cantabria

ÍNDICE

Nota del Autor:

Esta historia debió transcurrir hace unos quince mil años y por lo tanto cabe suponer que sus personajes poseían un limitado vocabulario.

No obstante, al novelarla he preferido imaginar que seres que poseyeron la sensibilidad suficiente como para pintar los bisontes de la Cueva de Altamira tenían la inteligencia suficiente como para expresarse igual o mejor que muchos de nuestros contemporáneos.

CAPÍTULO I
NACER EN UNA CUEVA

Sus primeras sensaciones fueron el olor y el contacto de la piel de su madre, así como el olor y el contacto de la piel de bisonte con que su abuela les había arropado en cuanto cortó el cordón umbilical.

Fuera hacía frío, pero allí, en el estrecho espacio que quedaba entre dos generosos pechos y el suave pelaje del animal, descansaba a salvo tras el enorme esfuerzo que había significado abrirse paso desde la oscuridad absoluta del tibio vientre materno a la suave penumbra de una cueva apenas iluminada por una hoguera cuyo humo olía a roble y castaño.

Durmió hasta que acudieron a visitarlos la práctica totalidad de los miembros de una comunidad que se sentía feliz y afortunada por el hecho de que una nueva vida viniera a demostrar con pequeños gestos y sonoros llantos que los *ghámanas* se estaban convirtiendo en un clan fuerte y prolífico, capaz de hacer frente a cualquier adversidad por terrible que fuera.

Tras acariciarlo y besuquearlo se reunieron en torno a la hoguera de la caverna central con el fin de celebrar tan feliz acontecimiento, rogarle a los dioses que concedieran larga vida al recién nacido así como buscarle un nombre, puesto que desde el momento en que llegó al mundo ya no pertenecía a sus padres; pertenecía a todos porque todos tendrían que esforzarse a la hora de conseguir que sobreviviera, y por lo tanto todos tenían derecho a decidir cómo debería llamarse.

Y una larga experiencia demostraba que no resultaba empresa fácil debido a que hasta los mocosos opinaban, lo cual les estaba permitido porque de igual modo la experiencia demostraba que los más pequeños tenían más imaginación a la hora elegir nombres.

Se desecharon incontables opciones y se discutieron sin acritud múltiples propuestas, hasta que una chicuela se quedó mirando al techo, alzó la mano como si pretendiera cazar una mosca y comentó:

–Debería llamarse *Ansoc* –Humo– porque el humo sube, se escapa entre los dedos y nadie puede atraparlo.

La propuesta fue aprobada por unanimidad debido a que provenía de la hermana mayor del neonato, quien estaba destinada a ser la que más tiempo pasara a su lado cuando su padre estuviera cazando y su madre engendrando hijos, recolectando frutos o curtiendo pieles.

La fiesta concluyó con el sacrificio de una cabra que se consumió acompañada de huevos de codorniz, arándanos y setas.

Cuando Nanud despertó y su marido le comunicó que su cuarto hijo se llamaría Ansoc asintió satisfecha aunque comentó con una cierta amargura que confiaba en que no se volatilizara demasiado pronto.

El temor a que sus hijos no alcanzaran una edad en que podrían valerse por sí mismos, momento en el que al parecer se encontraban a salvo de los demonios que disfrutaban devorando las entrañas de los niños, sobrevolaba sobre los *ghámanas* desde el amargo día –incontables generaciones atrás– en que una mujer abandonada a su suerte por ladrona, bruja y estéril, les lanzó una maldición poco antes de perderse de vista rumbo a las montañas.

En primavera encontraron su cadáver congelado pero pese a que lo quemaron junto a un jabalí putrefacto con el fin de romper el hechizo, los niños continuaron muriéndose cuando aún gateaban, por lo que sus padres vivían en una constante angustia.

Perder a un hijo no solo constituía una terrible tragedia; estaba considerado casi un deshonor.

La comunidad necesitaba brazos fuertes y vientres fecundos.

Cuando al fin una fría mañana Ansoc abrió los ojos, lo primero que vio fue el techo de la cueva y el rojizo color de la piel del bisonte.

Al poco sintió hambre y lloró hasta que pudo aferrarse al generoso pecho de su madre, quien se sintió feliz al comprender que le seguía dando vida tal como se la había dado mientras lo tenía en su interior. Amamantar la tranquilizaba puesto que jamás conseguía olvidar que dos de sus hijos habían muerto justo en el momento en que dejaron de depender de su leche.

Nadie conseguía explicar la razón, pero solía ocurrir que era en ese limitado espacio de tiempo –el que transcurría entre la total dependencia de su madre y la casi absoluta dependencia de sí mismos– cuando el odiado hechizo hacía acto de presencia, los rostros de los pequeños comenzaban a tornarse cerúleos, tosían día y noche, se les enrojecían los ojos y acababan lanzando un último lamento que quedaba acallado por los lamentos de cuantos asistían a su angustiosa agonía.

A la pérdida de un ser amado se unía el hecho de que la tribu volvía a debilitarse.

En ese caso la lucha regresaba a sus comienzos puesto que se veían obligados a esperar nueve meses hasta que naciera un nuevo miembro, «*y si al fin conseguía ver el sol*», aguardar un par de años hasta que cruzara aquel impreciso umbral que separaba la vida de la muerte.

El hecho de que un niño viera por primera vez la luz del sol traía aparejado un complejo ritual al que convenía que asistiera toda la comunidad debido a que se trataba de una criatura nacida y criada en una caverna que siempre había sido su cuna, hogar y fortaleza, por lo que el hecho de salir al aire libre se equiparaba al hecho de volver a nacer.

A doce inviernos inusitadamente fríos les habían seguido casi sin transición veranos tórridos, y debido a ello se reducían al mínimo los anhelados y tan necesarios tiempos de recolección de frutos y sobre todo de caza, con lo que el hambre –y sobre todo el miedo al hambre– flotaba continuamente sobre las cabezas de los *ghámanas*.

Los *ghámanas* –que en su dialecto venía a significar «los montañeses»– constituían un grupo familiar de poco más de dos docenas de miembros, conocidos y respetados por su indiscutible habilidad para trepar por riscos y acantilados en los que conseguían defenderse y rechazar a sus atacantes.

Que un pequeño «naciera por segunda vez» tenía para ellos una especial transcendencia debido a lo cual la ceremonia se llevaba a cabo en un atardecer cálido y nublado con el fin de que la criatura no pasara de una forma traumática de la penumbra de una cueva iluminada por hogueras a la deslumbrante claridad de un día excesivamente luminoso.

Las ancianas y el chamán observaban con especial atención la reacción del niño ante la luz, casi del mismo modo que en el momento de venir al mundo habían comprobado que no le faltaba ningún miembro.

Ansoc superó con éxito la prueba ya que lo único que demostró fue sorpresa y al poco sonrió observando cuanto le rodeaba al tiempo que extendía la mano hacia el amado rostro de su madre.

Ya era un auténtico *ghámana* y ahora le tocaba demostrar que lo seguiría siendo durante los próximos treinta años.

Pedirle más sería exigirle demasiado puesto que eran pocos los que conseguían llegar a los cuarenta.

La vida en aquel clima y en aquellas circunstancias solía ser muy corta debido a que la caverna era el refugio en el que se protegían del frío, de la lluvia y de sus enemigos –incluidos las fieras u otros hombres–, pero también era el lugar en el que durante los largos inviernos pasaban demasiado tiempo respirando un aire que apenas se renovaba.

Sobrevivir a los tres primeros años era una auténtica hazaña; sobrevivir a los treinta, casi un milagro.

Ansoc consiguió sobrevivir a esos primeros años, y sus piernas empezaron a ser lo suficientemente fuertes como para que al fin le llevaran a ver el mar.

Durante los días más calurosos del año parte de los miembros de la comunidad, aquellos que no corrían peligro por ser demasiado jóvenes o demasiado viejos, se establecían en pequeñas cuevas de la costa con el fin de disfrutar de sus hermosas playas, un agua refrescante y una incontable diversidad de curiosos animales que cambiaban drásticamente su dieta.

Los *ghámanas* ignoraban por qué razón ocurría, pero sus antepasados les habían enseñado que durante los meses de calor intenso el mar proporcionaba mucho más alimento que durante el resto del año, del mismo modo que la tierra solía producir más frutos durante la primavera.

Y era cierto debido a que en la inmensidad de los océanos la gran masa de agua de las profundidades no se alteraba aunque las plataformas continentales disfrutaban anualmente de una prodigiosa transformación.

A lo largo del invierno las aguas de las capas superiores se habían ido enfriando, por lo que al ser más pesadas comenzaban a hundirse y al hacerlo desplazaban hacia lo alto las capas inferiores más calientes. Y con ellas ascendía la gran cantidad de sales minerales que se habían ido acumulando en el fondo por efecto de la sedimentación.

Al igual que las plantas terrestres necesitaban sales para su crecimiento, las algas las exigían, y con el aporte de esas sales despertaban de su letargo a una vida acuática que se desarrollaba con incontenible ímpetu.

La multiplicación llegaba a ser tan desproporcionada que en ocasiones inmensas extensiones se teñían de rojo, verde o pardo debido a la pigmentación de las algas que formaban el plancton, y podría decirse que el mar hervía de vida como una gigantesca máquina de creación y muerte.

A finales de verano el ritmo comenzaba a disminuir, los peces preferían regresar a las profundidades, y en otoño los océanos mostraban un fulgor fosforescente, frío y metálico, la poca vida que aún quedaba se sumergía y con el invierno todo parecía gris y muerto.

Pero al igual que en tierra los brotes aguardaban bajo la nieve, en las profundidades la vida esperaba y con la llegada del verano florecería nuevamente creando criaturas fascinantes.

Para Ansoc, que había pasado la mayor parte de su tiempo en una cueva en penumbra, el descenso a la costa constituyó una fabulosa aventura puesto que ahora todo era espacio, luz, color, estruendo del retumbar de olas, chillidos de gaviotas y olores limpios.

Descubrió que el océano, aquella fuerza bravía y rugiente que se perdía de vista en el horizonte, constituía la antítesis de las inamovibles paredes de roca entre las que había crecido, y que de sus entrañas nacían tantas criaturas pintorescas y asombrosas que cabría pensar que creaba una nueva forma de vida con cada nueva ola.

Y de entre todas ellas destacaba una que a la vez le atraía y repelía: los pulpos.

A su madre le encantaban; los atrapaba con facilidad, los golpeaba una y otra vez contra las piedras, los rasgaba a mordiscos y se relamía mientras devoraba hasta el último rejo.

Ansoc también se los comía, pero experimentaba la desagradable sensación de que los rejos se le retorcerían en las tripas del mismo modo que se habían retorcido mientras seguían con vida.

De igual modo le fascinaban los cangrejos, a los que perseguía sobre la arena o los charcos, sin comprender por qué razón corrían siempre hacia atrás, hasta la mañana en que su hermana Lía le explicó que lo hacían para ver siempre de frente a quienes los atacaban porque de ese modo se defendían con sus fuertes pinzas y conseguían escapar con mayor facilidad.

Fue durante aquel verano cuando Ansoc comenzó a tener plena conciencia de la asombrosa complejidad de la naturaleza, así como de hasta qué increíble punto los seres vivientes podían diferenciarse entre sí. Unos volaban, otros nadaban, otros corrían, otros se arrastraban, otros graznaban, otros mugían, otros aullaban y otros –los menos– incluso hablaban.

Resultaba ciertamente confuso.

A veces demasiado confuso.

Y cuando empezó a tener uso de razón le desconcertó ver como los hombres se esforzaban rompiendo piedras, sudando, resoplando, e incluso machacándose los dedos.

Se le antojó estúpido, hasta que comprendió que lo que en verdad hacían era convertir esas piedras de sílex en afiladas puntas que fijaban al extremo de largos palos con los que abatían ciervos, cabras, jabalíes y caballos.

Tiempo atrás también abatían bisontes, pero ya hacía muchos años que los bisontes se mostraban esquivos.

También fabricaban hachas y cuchillos con los que despellejar y descuartizar animales, así como raspadores con los que alisar sus pieles, por lo que con el paso del tiempo acabó por reconocer que de aquel monótono y aparentemente absurdo golpetear de piedra contra piedra dependía la supervivencia de la comunidad.

Pronto tuvo que aprender a buscar las piedras más idóneas, lo cual no era en absoluto empresa fácil ya que al igual que existían una gran diversidad de animales, plantas o árboles, también existían una gran diversidad de piedras, aunque la mayoría tan solo servían para alejar cabras o abatir tórtolas.

Su padre le enseñó a distinguirlas, por lo que a los siete años ya recolectaba miel, huevos, polluelos, castañas, arándanos y setas, pero sobre todo piedras.

Cuando regresaba con alguna realmente excepcional la marcaba con un tizón para que se supiera que –aunque perteneciera al clan– era él quien la había encontrado.

Fue por aquellas fechas cuando ocurrió un hecho que le marcó de forma muy notable, ya que de igual modo cambió también la forma de vida de la comunidad.

Una soleada mañana llegaron dos hombres de tierras tan lejanas que no se entendía lo que decían pero que indicaron con inequívocos gestos que pretendían quedarse con las puntas de lanza de mayor calidad. A cambio tan solo ofrecían unos largos, muy duros y muy afilados pinchos de hueso.

La respuesta fue rotundamente negativa, pero al poco los forasteros extrajeron de una bolsa un delgado cordel trenzado con los tendones de un caballo y lo introdujeron por el pequeño orificio taladrado en el extremo del pincho de hueso. A continuación clavaron este en una piel extrayéndolo por el otro lado de tal forma que arrastraba tras de sí el pedazo de cordel.

Casi sin transición lo acoplaron a otra piel, demostrando que con aquel sencillo artilugio podían unir dos trozos de piel por muy diferentes que fueran sus tamaños, grosores o procedencias.

Hombres y niños quedaron boquiabiertos.

Y las mujeres fascinadas, puesto que por primera vez tenían en las manos algo que estaría y seguiría estando en las manos de millones de mujeres hasta el fin de los siglos: una primitiva y rústica, pero muy eficaz, aguja de coser.

Los astutos forasteros hicieron un gran negocio pero nunca volvieron, por lo que los *ghámanas*, tanto hombres como mujeres, se aplicaron a la tarea de descubrir a qué tipo de animales pertenecían aquellos resistentes huesos y cómo debían ingeniárselas para que no se quebraran en el momento de atravesar una piel mal curtida o demasiado resistente.

A Ansoc, sinceramente impresionado por la inventiva y el valor de unos desconocidos que habían sido capaces de atravesar una cadena de altísimas montañas en las que proliferaban los lobos, osos, leones y toda clase de fieras sanguinarias, le sorprendió que pese a su innegable inteligencia no hubieran sido capaces de pronunciar ni una sola palabra inteligible.

Fue el anciano más sabio de la tribu quien le señaló:

–Las palabras son como las aves, que en primavera y otoño cruzan muy alto y nunca sabemos dónde anidarán. Quienes lo saben se aprovechan de ellas pero nosotros no.

Ni el anciano ni Ansoc podían imaginar que a lo largo de miles de años los seres humanos crearían millones y millones de palabras comprensibles, pero que con el paso del tiempo estas se perderían del mismo modo que las aves migratorias se perdían de vista en el horizonte.

Tan solo muchísimos siglos más tarde, otros hombres tan inteligentes o más que los que inventaron las agujas fueron capaces de diseñar signos que representaban letras o palabras, y al grabarlos en piedras, pieles, barro o papiro transmitieron sus conocimientos a aquellos que fueran capaces de reconocerlos.

Ese aún muy lejano día las palabras dejaron de ser solo sonidos para pasar a convertirse en escritura.

CAPÍTULO II
LA MONTAÑA VIVIENTE

El hecho de conseguir que dos pieles se unieran permitió a las mujeres confeccionar prendas de abrigo, gorros, guantes y zapatos capaces de proteger a sus maridos y a sus hijos cuando cazaban en mitad del más riguroso invierno.

Las pieles habían sido tratadas con procedimientos complejos que comprendían raspado, ahumado y suavizado con un tratamiento a base de distintas grasas, por lo que ya no era necesario ajustárselas al cuerpo atándolas de cualquier manera; a partir de ahora las prendas podían adaptarse a cada constitución, lo cual no solo significaba más protección y calor, sino mayor libertad de movimientos.

Tal era el agradecimiento de las mujeres a las agujas que cuando se rompían conservaban los pedazos en un diminuto altar ante el que a menudo se inclinaban como si se tratara de reliquias.

Cuando el chamán les echaba en cara lo que consideraba una ofensa a los dioses, las mujeres no dudaban en responder que ningún dios había hecho nunca por ellas nada remotamente comparable a lo que hacían las agujas.

Los viejos se indignaron ante lo que se les antojaba una blasfemia, pero los jóvenes, que poco entendían de dioses pero mucho de frío, se mostraban de acuerdo, puesto que ahora sus abuelas, sus madres y sus hermanas les facilitaban la ardua tarea de seguir durante horas el rastro de un rebeco sobre la nieve sin miedo a congelarse.

Una noche, una astuta adolescente a la que se le agarrotaban los dedos de tanto esforzarse intentando que la aguja no se partiera, tuvo la feliz ocurrencia de quemar previamente la piel con la punta de una brasa de carbón.

Había comprobado que cuando practicaba un corte que sirviera de ojal, la piel acababa rajándose, pero el nuevo sistema de la diminuta quemadura resultaba altamente fiable.

Aunque bien visto era una idea estúpidamente simple, fue necesario que una imaginativa muchacha se decidiera a ponerla en práctica para que el resto de sus compañeras la imitase.

Es algo que ha acontecido con muchas soluciones debido a que parecen estúpidamente simples una vez que han sido resueltas.

Los grandes inventos provienen de mentes brillantes, pero las pequeñas soluciones suelen provenir de mentes normales que se ven obligadas a enfrentarse a diario con pequeños problemas.

Fue gracias a esa capacidad de superar sencillos obstáculos que las generaciones posteriores ni siquiera tuvieron necesidad de plantearse, que los seres humanos supieron abrirse camino en un mundo hostil y plagado de enemigos.

De todos esos enemigos, los más temidos, los más odiados, los que habían sido odiados y temidos desde el inicio de los tiempos, y los que seguirían siendo odiados y temidos hasta el final de los tiempos, eran los lobos, debido a que eran los únicos capaces de competir en cuanto a ferocidad y astucia.

–Los osos son más fuertes, pero suelen ser solitarios y tan solo atacan cuando tienen mucha hambre... –explicaban los ancianos cuando se reunían en torno a la hoguera–. Sin embargo los lobos no buscan comida para ellos sino para toda la manada y preparan por anticipado complejas estrategias, por lo que cuando se juntan resultan casi invencibles.

–¿Por qué invencibles?

–Porque soportan el frío, son rápidos, astutos y resistentes y se comunican con aullidos que llegan muchísimo más lejos que nuestros gritos, lo cual les proporciona una enorme ventaja a la hora de atacar en manada.

–Pero nosotros tenemos armas...

–Su velocidad y sus colmillos resultan más eficaces.

–También tenemos a los dioses.

–Los dioses jamás intervienen cuando se trata de los lobos, tal vez porque los temen, o tal vez porque prefieren divertirse con otras cosas.

–¿Como qué?

–Enviar «aguas muertas» o lluvias torrenciales, hacer que la tierra tiemble, o abrir una montaña de la que surgen ríos de fuego que al poco se convierten en piedras tan negras como tizones.

–¿Esas piedras sirven para hacer cuchillos y puntas de lanza?

–No, porque al parecer son los excrementos del demonio que vive en las montañas.

–¿Tú has visto esos excrementos?

–No, pero los vio el padre del padre de mi padre, que tuvo que huir porque el aire se volvía tan ardiente que los pájaros caían abrasados y los animales morían en cuanto abrían la boca. Apestaban a pescado podrido y se asustó tanto que estuvo vagando durante años a través de desiertos y montañas.

–¿Qué es un desierto?

El anciano observó casi despectivamente al muchacho que había hecho la pregunta; fue a decir algo que demostrara la profundidad de sus conocimientos, pero acabó por agitar la cabeza admitiendo su ignorancia.

–No lo sé. Mi padre contaba que su padre contaba que su padre contaba que era como una inmensa playa en la que no había agua, ni almejas, ni cangrejos, ni aves, ni cualquier otro tipo de animales debido a que habían muerto a causa del calor y la sed.

–Yo siempre he creído que el padre del padre de tu padre mentía más que hablaba, y eso que nunca paraba de hablar – intervino la mujer con la que el anciano había compartido su vida–. A mí esos demonios que cagan ríos de fuego que luego se transforman en piedra y esas playas en las que la arena es tan alta como las montañas se me antojan fantasías de viejo chiflado.

El anciano ni tan siquiera se molestó en responder, no tanto por el hecho de no llevarle la contraria a quien temía, sino porque en realidad a él también le costaba aceptar que tales historias pudieran ser ciertas.

Más bien debían ser falsas porque en ninguna mente sensata cabía la idea de que una montaña escupiera malolientes piedras de fuego cuando era cosa sabida que las piedras no olían y no ardían ni aunque se pasaran la noche sobre las brasas.

No obstante el pequeño Ansoc quedó muy impresionado por el apasionante relato, pues hasta aquel momento jamás había oído decir que pudieran existir mundos que se diferenciaran del suyo de un modo tan absoluto.

Imaginar montañas rugientes y silenciosos desiertos exigía un gran esfuerzo mental.

Esa noche lo intentó y de improviso tuvo la impresión de que las grietas del techo se abrían y de cada una de ellas surgía una lengua de fuego que le abrasaba los ojos.

Le asaltó una sensación de espanto similar a la que experimentaba cuando en el amanecer escuchaba el aullido de los lobos, pero con una notable diferencia: su padre le había enseñado a defenderse de los lobos, pero jamás había mencionado las rocas incandescentes o los desiertos sin vida.

Tampoco su hermana Lía, que a su parecer era el miembro más inteligente de la familia y quien más cosas le enseñaba, se refirió nunca a la existencia de mundos tan complejos como los que contaba el padre del padre del padre del anciano.

Lía lo protegía y cuidaba más que su madre, ya que esta se pasaba la mayor parte del tiempo embarazada, apareándose con su padre o atendiendo a los más pequeños.

Lía no; Lía era muy joven y jamás se había apareado, por lo tanto jamás había estado embarazada y siempre había sentido por él mucho más cariño que por ningún otro de sus hermanos.

Dormían juntos, jugaban juntos, buscaban piedras o comida juntos y habían llorado juntos cuando alguno de los pequeños comenzaba a toser, su rostro cambiaba de color y acababa muriendo.

Y fue Lía quien una mañana le descubrió acuclillado sobre una laja de piedra, trazando con ayuda de un tizón la silueta de un cabritillo que pastaba a unos metros de distancia.

Se limitó a permanecer inmóvil, observando la pequeña mano que asemejaba un gorrión que transportara un carboncillo en el pico y que se movía sin la menor vacilación, sin un respiro, como si supiera por anticipado qué gesto tenía que hacer o qué fuerza debía imprimir al trazo para que el resultado fuera una copia exacta de un animal que permanecía muy quieto, como si fuera consciente de que servía de modelo a quien pretendía inmortalizarle.

–¿Cómo lo haces?

–¿Qué?

–Eso... Pintarlo igual.

La única respuesta fue un encogimiento de hombros y su hermana lo entendió puesto que había permanecido a su lado desde que nació y por lo tanto le constaba que nadie le había enseñado a manejar con tanta habilidad un simple pedazo de carbón.

A menudo había visto como hombres, mujeres o niños pintarrajeaban las paredes de la cueva, pero por lo general tan solo eran toscos signos, pese a que algunos parecieran haber sido hechos con la intención de representar a un animal.

Lo que ahora tenía ante los ojos era distinto; era «un ser casi vivo» que transmitía la impresión de estar dispuesto a echar a correr en cualquier momento.

Y al fin el modelo lo hizo; se alejó en busca de los suyos aunque una parte de él permaneció sobre la laja de piedra hasta que la lluvia lo convirtió en una mancha.

Lía se entristeció, pero su hermano le devolvió la sonrisa al dibujar un ciervo saltando, y días más tarde la obsequió con tres cabezas de caballo que parecían estar luchando por ser los primeros en alcanzar a una yegua en celo.

Fue aquella misma mañana cuando llegó corriendo un hombre que hacía grandes aspavientos mientras gritaba que en la costa había hecho su aparición un monstruo.

Todo el que tuvo fuerzas corrió a verlo, y era en efecto un monstruo; una montaña viviente que había quedado varada con medio cuerpo en el mar y medio en tierra.

Su gigantesca cola golpeaba el agua mientras se agitaba en un inútil esfuerzo por escapar de la implacable trampa en la que había caído, al tiempo que sus inmensos ojos negros mostraban a las claras el terror que experimentaba.

Los más pequeños se compadecieron, pero los adultos saltaron de alegría y alzaron los brazos dando gracias al cielo debido a que el siempre generoso mar les proporcionaba el mayor festín que cupiera imaginar. El «monstruo» –una de aquellas míticas criaturas que divisaban nadando majestuosamente y lanzando al aire chorros de agua– estaba ahora allí, agonizando, y tan solo era cuestión de aguardar a que lanzara su último lamento.

Al poco, un osado impaciente se aproximó hasta tocarlo, comprobó que no podía hacerle daño, y de improviso le clavó una gruesa lanza provocando que un chorro de sangre lo empapara de los pies a la cabeza.

Se volvió riendo, feliz por su hazaña, y aquella fue la señal que todos esperaban para abalanzarse sobre el infeliz cetáceo hiriéndolo con cuanto tenían a su alcance.

El salvaje sacrificio constituyó un espectáculo dantesco debido a que quienes aspiraban a disfrutar del mayor banquete de sus vidas no disponían de armas capaces de acabar con los sufrimientos del pobre animal, sino que por el contrario, cuantos más esfuerzos hacían por matarlo, más daño le causaban.

Algunos ansiosos devoraban trozos de carne rojiza a la vista de la indefensa víctima, por lo que la sangre manaba a borbotones, empapando la arena y descendiendo como un riachuelo hasta un océano que empezaba a hervir de ansiosas criaturas dispuestas a tomar parte en el banquete.

Cientos de chillonas gaviotas surgieron de la nada y se apresuraron a picotear las heridas abiertas por las lanzas, las hachas y los cuchillos de los hombres, al tiempo que docenas de cangrejos abandonaban sus refugios agitando las pinzas y reclamando su parte.

Nacida en aguas muy lejanas, aquella portentosa criatura había necesitado recorrer miles de millas hasta conseguir convertirse en el mayor ser vivo del planeta, pero estaba acabando sus días a manos de pequeños y deleznables enemigos.

Por suerte ya había muerto cuando llegaron los primeros lobos, que se limitaron a saciar su apetito sin que en esta ocasión les preocupara que a pocos metros de distancia se sentaran hombres armados, puesto que cabría creer que la presencia del cetáceo y sus toneladas de apetitosa carne imponían una tregua que se respetaba incluso entre los enemigos más acérrimos.

Al fin y al cabo lo que siempre había importado era llenar el estómago, y al poco descansaban sobre la arena tantos estómagos ahítos que algunos de sus dueños no se encontraban en condiciones de moverse.

La mayoría había saciado un hambre que podría considerarse atávica, pero lo que diferenciaba aquel día de cualquier otro pasado o futuro era que se habían hartado de algo que nunca habían probado antes y que probablemente jamás volverían a probar.

Los ciervos eran ciervos, las cabras, cabras, y los conejos, conejos, pero alimentarse de una ballena del tamaño de mil ciervos, cabras y conejos, era algo insólito que tan solo ocurría una vez en la vida.

Al cabo de un rato, algunos lobos comenzaron a regurgitar lo que habían ingerido con intención de empezar a comer nuevamente, y ninguno de cuantos los observaban, incluidos Lía y Ansoc, podrían determinar si lo hacían por simple gula o porque considerasen que ya habían aprovechado la parte más alimenticia, por lo que devolvían el resto antes de que se convirtiera en simples excrementos que no les aportarían nuevas fuerzas.

Tal vez su instinto les dictaba que con devorar hasta saciarse no bastaba; se hacía necesario acumular reservas para cuando llegaran los malos tiempos.

Y en esta ocasión los malos tiempos hicieron su aparición en forma de tres gigantescos osos que habían tardado en aventar el olor a sangre y muerte, y que al parecer venían dispuestos a adueñarse de la presa sin respetar treguas, puesto que lo mismo les daba zamparse de una sentada diez kilos de carne de ballena que medio lobo, un niño o la pierna de un hombre.

Y hasta cierto punto preferían a estos últimos sabiendo como sabían que las ballenas nunca atacarían a sus crías, mientras que los lobos y los hombres sí lo harían.

La triple enemistad se remontaba a siglos y por lo tanto el padre de Ansoc, que en esta ocasión ejercía el mando del clan, ordenó que cargaran con cuanta carne y grasa pudieran reunir y se pusieran en marcha.

La carne aún resultaría comestible durante un par de semanas y la grasa les permitiría obtener un fino aceite, que no producía humo ni olor, con el que alimentar sus lamparillas.

CAPÍTULO III
EL HOMBRE QUE VINO DEL MAR

Buscaron refugio en una cueva al pie del acantilado y durante tres semanas se dedicaron a nadar, tomar el sol y atiborrarse de pulpos, ostras, mejillones, lapas, almejas, cangrejos e infinidad de peces que las mujeres arponeaban con mayor habilidad que los hombres gracias a que resistían mejor el frío y además hacían gala de una infinita paciencia a la hora de acecharlos desde lo alto de una roca.

De algún modo los *ghámanas* eran conscientes de que aquel brusco cambio de dieta en el que dejaban de consumir casi únicamente carne o vegetales resultaba muy beneficioso para su salud, pese a que lógicamente no supieran que el masivo aporte de fósforo y vitaminas que les proporcionaban el pescado y los mariscos contribuía de forma esencial al desarrollo de su cerebro.

Aquellos constituyeron unos pacíficos días de abundancia hasta que el parlanchín anciano cuyo padre contaba tantas cosas absurdas sobre la vida del padre del padre de su padre decidió hincharse a lapas, lo cual trajo como fatídico resultado que a la mañana siguiente apareciera muerto.

Nadie lloró puesto que la muerte de un anciano no constituía una desgracia sino un hecho natural que en este caso reforzaba la fortaleza de la comunidad debido a que la liberaba de una pesada carga.

En épocas de hambruna, lo que obligaba al clan a desplazarse en persecución de rebecos, ciervos, caballos o bisontes, algunos de esos ancianos optaban por alejarse y dejarse morir para no retrasar la marcha de la comunidad, pero en el caso del incansable contador de míticas historias no fue el hambre sino el hartazgo lo que le perjudicó.

Y visto que al parecer había elegido acabar sus días en aquella cueva decidieron respetar sus deseos limitándose a taponar la entrada consiguiendo que de ese modo disfrutara de una tumba tranquila y espaciosa.

Ansoc y Lía se alejaron con una cierta tristeza, no porque el viejo hubiera fallecido, cosa que era de esperar dadas sus ya menguadas facultades, sino porque era quien con más frecuencia hacía volar su imaginación durante las largas noches de invierno.

Tal vez lo que contaba no fueran más que fantasías de una mente desgastada, pero tales fantasías resultaban siempre mucho más gratificantes que la cruda realidad.

Los *ghámanas* emprendieron por tanto el regreso a la cueva principal no sin antes acudir a ver lo que quedaba de la ballena, y les asombró descubrir que entre aves, cangrejos, hormigas y gusanos tan solo habían dejado un blanco y casi impoluto esqueleto.

Y lo que más les sorprendió al estudiarla con detenimiento fue comprobar que una bestia de tan enorme tamaño no estuviera dotada de una larga y poderosa hilera de afilados dientes y curvados colmillos capaces de inmovilizar y desgarrar a sus víctimas, ni tan siquiera de muelas con las que masticarlas. En lugar de eso, la ahora monda mandíbula aparecía adornada por una especie de largas delgadas barbas flexibles, no tan duras como los huesos ni tan blandas como los cartílagos, aunque absolutamente incomestibles.

Como apenas quedaban restos del cetáceo, y por lo tanto muestras de lo que había contenido su estómago, los dos hermanos se resistieron a aceptar que –tal como aventuraba su madre– entrara dentro de lo posible que tan gigantesca criatura únicamente se alimentara de pequeños peces.

Días más tarde el muchacho pintó el esqueleto del cetáceo, con su cráneo mondo y las cuencas de los ojos vacías, y cuando Lía le comentó que el dibujo le había quedado tal como la habían visto por última vez, se limitó a rellenar el cuerpo con carbón, extendiéndolo con los dedos de tal modo que al concluir podría decirse que la ballena aún parecía estar viva.

–¿Cómo lo haces...?

–¿Qué?

–Pintarla sin tenerla delante.

La misma pregunta e idéntico encogimiento de hombros debido a que Ansoc jamás conseguiría explicar a nadie, ni siquiera a sí mismo, por qué razón las cosas quedaban grabadas en su mente, ni por qué razón era capaz de plasmarlas hasta en su menor detalle.

Al cabo de un par de semanas los dos inquietos hermanos decidieron contravenir las normas y acercarse a comprobar lo que quedaba de los huesos del cetáceo, pero no encontraron ni rastro debido a que una tormenta otoñal se los había llevado.

Se sintieron muy decepcionados puesto que la aparición de la mítica bestia había constituido un hito en sus vidas, y ya se disponían a emprender el regreso cuando advirtieron que más allá de la punta del cabo más pronunciado había hecho su aparición un hombre sentado sobre una rústica balsa construida con cuatro enormes troncos.

Era la primera vez que tanto Ansoc como Lía veían a un ser humano flotando sobre las aguas, y resultaba evidente que las corrientes lo arrastraban mar adentro ya que hacía desesperados esfuerzos por regresar a la costa intentando remar con ayuda de un palo.

Al advertir su presencia comenzó a agitar los brazos y gritar pidiendo auxilio, y fue entonces cuando advirtieron que era mucho más alto y que tenía la piel más clara que hubieran visto nunca.

Por si todo ello no bastara, su larga melena y su espesa barba aparecían de un color rojizo, por lo que desde aquella distancia podría creerse que tenía la cara envueltas en llamas.

Los desconcertados muchachos permanecieron inmóviles, observando impotentes cómo el pobre náufrago se perdía de vista en la distancia, en cierto modo asustados y en cierto modo apenados, puesto que quien quiera que fuese –amigo o enemigo– parecía condenado a desaparecer en la inmensidad de un océano que los ancianos aseguraban que carecía de límites.

Si las olas o las corrientes no lo remediaban, su destino sería acabar en el vientre de una bestia marina.

Ya no era más que un punto en el horizonte cuando tomaron asiento sobre un saliente del acantilado preguntándose por qué absurda razón alguien, por muy pelirrojo que fuese, cometería la estupidez de arriesgar la vida a base de cabalgar sobre las olas.

Las viejas historias que los ancianos contaban a la luz de la hoguera afirmaban –sin ningún género de dudas– que cuarenta generaciones de sus antepasados habían atravesado bosques, precipicios, ríos y montañas superando con firmeza y valentía cuantos obstáculos les salieron al paso, pero que al enfrentarse al océano comprendieron que habían llegado al final de todos los caminos.

El agua era infinitamente más poderosa que la tierra.

E inestable.

Y caprichosa.

Y además salada.

–¿Por qué habrá hecho eso?

A Lía le gustaba tener respuestas a cuanto Ansoc preguntaba ya que enseñarle era su obligación, pero en esta ocasión se limitó a alzar las manos con las palmas hacia arriba como dando a entender que no ocultaba nada en ellas.

–Tal vez se volvió loco –dijo.

–¿Por tener el pelo rojo?

–Probablemente.

Ansoc pareció meditar sobre si el hecho de tener el cabello y la barba de una tonalidad tan peculiar fuese razón suficiente como para lanzarse al mar a riesgo de no regresar nunca.

–Probablemente se burlaban de su aspecto –comentó sin estar convencido–. Si entre los nuestros naciera un niño así lo matarían.

–Los recién nacidos no tienen pelo. Ni barba.

–Puede que no sea una cuestión de nacimiento, sino de brujería. Alguien pudo haberle echado una maldición.

En lo único que quedaron de acuerdo fue en que debía resultar muy doloroso enfrentarse a la vida siendo tan diferente, aunque no parecía razón suficiente como para arriesgarse a morir de un modo tan horrendo.

Fue Lía la que se decidió a señalar:

–Tal vez los ancianos puedan aclarárnoslo.

Pero los ancianos no solo no podían aclararlo, sino que se negaron a creerles argumentando que ninguno de sus antepasados recordaba haber oído hablar de hombres pelirrojos que cabalgaran sobre las olas.

Por si tamaña desilusión no bastara, su padre los amenazó con molerles el culo a palos como se les ocurriera volver a inventar absurdas historias que aterrorizaban a los pequeños y preocupaban a los mayores.

Bastante tenían con los osos, los lobos, los leones, el frío, el hambre y las enfermedades como para que unos sucios mocosos vinieran a asustarlos con el fantasma de unos enemigos de procedencia desconocida que podían llegar atravesando el océano.

Y es que desde el océano solían llegar implacables huracanes que arrancaban los árboles de cuajo o lluvias torrenciales que en ocasiones anegaban las cavernas, hundiendo sus techos y cegando sus entradas, pero ningún otro tipo de amenaza.

A los ojos de un padre severo, añadirle ahora la infantil fantasía de seres humanos de apariencia monstruosa resultaba de todo punto inaceptable.

Los adultos solían ser muy tolerantes con las travesuras de los pequeños debido a que también ellos habían tenido que soportar el agobio de largas temporadas de una tediosa vida demasiado enclaustrada, pero una cosa era asegurar que acababan de ver al hediondo Tikal destrozando colmenas –lo cual podía ser cierto– y otra a un demoníaco intruso.

Tikal era un oso gigantesco y solitario, un viejo macho ya impotente, y por eso mismo mucho más peligroso y agresivo que sus congéneres más jóvenes, puesto que no perdía su tiempo en seguir el rastro de hembras en celo, sino el de cualquier ser vivo que pudiera servirle de cena.

Con la llegada del buen tiempo abandonaba la cueva en la que había permanecido hibernando y solía reaparecer con casi cien kilos menos y cien veces más de hambre, por lo que no dudaba a la hora de atacar y devorar cuanto encontrara a su paso.

Luego, a medida que iba satisfaciendo su apetito y recuperaba peso se calmaba, dejaba de vagabundear aventando el aire y dedicaba largas horas a rascarse contra los troncos de los árboles o tumbarse a tomar el sol como un gato mimoso.

No obstante, en cuanto las nubes y los vientos anunciaban la llegada del otoño comprendía que tenía que acumular grasa para su nuevo período de hibernación por lo que volvía convertirse en un serio peligro.

Por fortuna, su fuerte y repelente olor resultaba inconfundible y los *ghámanas*, que habían aprendido a reconocerlo desde niños, jamás permitían que se aproximara ahuyentándolo a base gritos, fuego, pedradas y lanzazos.

Ese fuego y algunas lanzas le habían dejado profundas cicatrices, razón por la cual el rencoroso Tikal parecía librar una continua lucha entre sus ansias de venganza y sus temores.

No le asustaban los lobos, otros osos más jóvenes, los leones, ni cualquier tipo de fiera con la que pudiera enfrentarse cara a cara, pero le inquietaban unos personajillos escuchimizados que pese a sus escasas fuerzas demostraban una portentosa habilidad a la hora de incendiar la maleza o lanzar objetos afilados a treinta pasos de distancia.

También él había aprendido a detectar su hedor a comistrajos, sudor y humo, así como a mantenerse a una prudente distancia en aquellos lugares en los que podían hacer gala de sus sucias mañas y su desconcertante puntería.

Como había llegado el otoño y tanto Tikal como el resto de los osos comenzaban a ser muy peligrosos, la «absurda historia» del extranjero pelirrojo pasó a convertirse en una especie de tabú del que tanto Lía como Ansoc tenían prohibido hablar, aunque lógicamente solían hacerlo cuando se encontraban a solas.

El muchacho incluso dibujó al intruso sobre la laja de piedra que acostumbraba a utilizar y para el color del pelo utilizó unas gotas de su propia sangre, aunque la calidad de la obra estaba muy lejos de la que conseguía cuando pintaba animales.

Podría decirse que aquella laja se había convertido en un estudio al aire libre, ya que además de ser casi blanca y muy pulida se encontraba inclinada en un ángulo que le permitía trabajar sin esfuerzo.

Los magníficos apuntes a carbón desaparecían en cuanto caían cuatro gotas, lo cual venía a significar que en aquel lugar nacieron, vivieron y murieron obras de arte cuya existencia jamás conocería la Historia.

A su autor no parecía importarle ya que su capacidad creativa apenas conocía límites y siempre había un pedazo de carbón a mano, por lo que en el momento en que un dibujo se borraba otro ocupaba su lugar.

Sin maestros ni más crítico que su hermana, Ansoc era como un inagotable manantial de un agua fresca y viva perfeccionando día tras día su técnica, pese a lo cual rara vez se sentía satisfecho.

–¿Qué más quieres...? –le espetaba su impaciente hermana–. Esa tórtola parece a punto de volar.

–Pero no vuela.

Quería que las tórtolas volasen, los caballos corriesen, los ciervos saltasen o los peces nadasen, y podría creerse que le dolía aceptar que tan solo fuera capaz de reflejarlos inmóviles.

Perfectos, pero inmóviles.

Y las razones de tal perfección no deberían buscarse en la genética, la cultura o la inteligencia, sino en ese don con el que la naturaleza premia a sus elegidos sin más razón que su mero capricho.

Puede otorgarlo cada mil años, cada cien o cuando le venga en gana sin tener que rendir cuentas de por qué lo hace y qué clase de méritos está premiando.

La única explicación válida de su excepcionalidad se basa en que por el mero hecho de ser excepcional no admite explicaciones.

La mayoría de los genios nacen por generación espontánea, cruzan el firmamento como estrellas fugaces e incluso en ocasiones crean escuela, pero mueren sin dejar tras ellos una generación de genios.

Nunca ha existido el hijo de un genio al que se le pueda considerar verdaderamente genial.

CAPÍTULO IV
EL INVIERNO ETERNO

La naturaleza comenzó a hablar, y quienes sabían interpretar su lenguaje aseguraron que se avecinaba un invierno de extrema crudeza, lo que obligaba a dejar de lado cualquier tipo de actividad que no se centrase en la necesidad de sobrevivir durante los próximos meses.

Se hacía necesario almacenar provisiones, por lo que se inició una frenética actividad sin un minuto de descanso con la que la comunidad pareció convertirse en un ejército de laboriosas hormigas que acarreaba todo cuanto pudiera abrigar, comerse o quemarse.

Los *ghámanas* sabían muy bien lo que tenían que hacer cuando se aproximaba el frío y en este caso lo hicieron conscientes de que lo que llegaba ese año no era frío; era una seria amenaza de muerte por congelación.

Se recolectaron toda clase de frutos, granos o raíces comestibles y se cortaron árboles que no eran tan siquiera troceados en el momento de caer, puesto que resultaba más práctico arrastrarlos al interior de la cueva sabiendo que meses más tarde les sobrarían tiempo y energías para convertirlos en leña.

Se atrapaban cabras, ciervos, jabalíes, liebres, conejos, aves y todo bicho viviente que pudiera resistir hasta al momento de servir de cena, pero tan frenética actividad trajo aparejada como contrapartida una lógica relajación en lo que se refería a la seguridad y como consecuencia el viejo Tikal –que probablemente también presentía que se aproximaban tiempos duros– consiguió sorprender a una adolescente apenas un año menor que Lía.

La atrapó por una pierna en el momento en que descendía de un árbol en el que se encontraba recogiendo huevos, y ya le había arrancado un brazo de una sola dentellada antes de que cayera al suelo.

La pobre criatura grito aferrándose a las raíces y a las piedras, pero apenas pudo avanzar tres metros antes de que unas afiladas zarpas le desgarraran las entrañas.

A la noche siguiente apareció en el cielo una gran estrella que se movía de este a oeste dejando tras de sí una larga estela luminosa y de inmediato las ancianas aseguraron que se trataba del espíritu de la pobre Gena.

Y lo decían absolutamente convencidas puesto que sus madres les habían contado que cuando eran pequeñas el espíritu de otra niña se había convertido de igual modo en una luminosa estrella que surcó el firmamento durante mucho tiempo.

Esa estrella tenía un nombre –Lucierna– y era cosa sabida que hacía su aparición cada tres generaciones, casi siempre coincidiendo con la trágica muerte de una niña.

Que una muchacha muriese devorada por una fiera podía considerarse un hecho normal entre los *ghámanas* y que coincidiese con la aparición en el firmamento de tan deslumbrante estrella también, puesto que el cometa Halley[1] llevaba

---

1 Chinos y babilonios sabían que el cometa Halley era de una exquisita puntualidad y la moderna astronomía ha conseguido determinar las fechas exactas en que fue visible para los seres humanos.
La lista, comenzando por el 239 a. C. –primer año del que se sabe que fue

miles de años aproximándose a la Tierra cada setenta y pocos años.

Símbolo de mal augurio para muchas culturas, de bueno para otras, o simple motivo de curiosidad y terror para la mayoría, una noche el Halley se perdía de vista entre un piélago de estrellas pero al cabo de siete décadas volvía a surgir llegando desde otro piélago de estrellas.

La mayoría de esas culturas nunca consiguieron determinar que se trataba del mismo fenómeno celeste, pero algunas fueron capaces de calcular con admirable precisión en qué fechas volvería a iluminar sus cielos.

Lía no dudó en aceptar que aquella estrella fuera el espíritu de su amiga, y a ello contribuía el hecho de que las madres prometían a sus hijas que si morían antes de convertirse en mujeres pasarían a convertirse en hermosas luciérnagas que brillarían eternamente.

---

documentada por escrito su aparición– es la siguiente: 239 a. C., 164 a. C. (no hay registro), 86 a. C., 11 a. C., 66, 141, 218, 295, 374, 451, 530, 607, 684, 760, 837, 912, 989, 1066, 1145, 1222, 1301, 1378, 1456, 1531, 1607, 1682, 1759, 1835, 1910 y 1986.

Atendiendo a tales datos resulta curioso advertir que apareció en el cielo el año once antes del nacimiento de Cristo.

La Historia Sagrada nos enseña que los Reyes Magos de Oriente acudieron a Belén siguiendo a una estrella luminosa con el fin de adorar y rendir su tributo –oro, incienso y mirra– al recién nacido mesías.

No obstante, los astrónomos afirman que por aquella época ningún otro cometa visible se encontraba en las proximidades de la Tierra.

De todo ello cabe deducir que, o la iconografía de la estrella luminosa que adorna los Nacimientos navideños es un error, o que el error estriba en que alguien determinó que Jesucristo vino al mundo once años después de su verdadera fecha de nacimiento.

La edad de Cristo siempre ha sido objeto de debate entre los teólogos debido a los datos contradictorios que aportan los relatos de los evangelistas.

Sin que ello signifique poner en duda la fecha de su muerte, y sin pretender avivar una polémica que ha hecho correr demasiada tinta, los cálculos de los astrónomos modernos indican que el cometa Halley surcó el cielo de Belén mucho antes de lo que creíamos.

Debido a ello, y si las matemáticas no mienten, «la Era Cristiana», que comienza con la fecha del nacimiento de Cristo, lleva once años de atraso y en estos momentos deberíamos encontrarnos en el 2029.

Siempre era preferible imaginarse volando por el espacio que siendo devorada por una bestia.

Por suerte Gena fue la última víctima del odiado Tikal.

Siguiendo el rastro de sangre que había dejado a su paso, los cazadores consiguieron localizar la nueva gruta en la que se ocultaba, y aprovechando que habían conseguido gran cantidad de aceite de ballena, lo derramaron en su interior y le prendieron fuego.

Al bloquear con rocas la salida, la bestia murió envuelta en llamas, y cabría decir que en este caso la venganza no se sirvió en plato frío, sino excesivamente caliente.

No obstante, a la comunidad tan justa venganza no le compensaba el esfuerzo que había significado traer al mundo a una niña, conseguir salvarla de una muerte prematura, enseñarle a ser un miembro útil de la familia y prepararla para el día en que tuviese que contribuir, de forma activa y a menudo harto dolorosa, a que esa familia fuese más numerosa y menos vulnerable.

La tristeza y la amargura de sus padres y hermanos solían considerarse en estos casos un tema secundario puesto que la seguridad y el futuro del clan prevalecían sobre los sentimientos personales.

Gena no había sido únicamente una hija, una nieta o una hermana; había sido ante todo una *ghámana* destinada a engendrar nuevas generaciones de *ghámanas*, y en ese hecho estribaba la verdadera esencia de tan terrible pérdida.

Tres semanas después, el invierno llegó tal como había prometido, feroz y despiadado, con vientos gélidos, nieve y nubes tan espesas que resultaba imposible comprobar si el espíritu de la niña continuaba o no surcando el espacio a bordo de un cometa.

Las noches eran cada vez más largas mientras los días se convertían en pequeños paréntesis que apenas permitían salir a respirar un poco de aire que aliviase los pulmones.

Y en el exterior no había ni tan siquiera enemigos, ya que quien gobernaba en esos momentos no permitía rebeliones; un paso en falso y no quedaba opción para el siguiente; en cuestión de segundos cualquier ser vivo, un oso, un lobo, un ciervo e incluso un bisonte, pasaba a convertirse en estatua de hielo.

El aullar del viento era un canto a la muerte y los copos de nieve una amenaza, pero cuando cesaba el viento y dejaba de nevar la sensación de angustia era aún peor.

Todo era blanco, blanco, blanco.

Únicamente blanco.

Y silencioso.

Ansoc amaba los colores y aborrecía un blanco que no le inspiraba nada, y de igual modo aborrecía un frío que le agarrotaba las manos y le nublaba la mente.

Tosía durante horas, le lloraban los ojos y le estallaba la cabeza.

La genialidad tiene sus límites, y aquel inolvidable invierno que cabría ser considerado una réplica del infierno, aunque a muy distinta temperatura, a punto estuvo de superar tales límites, ya que durante cuatro interminables meses Ansoc se sumió en un sopor del que podría creerse que jamás emergería.

Y por primera vez su hermana no le servía de ayuda.

Sus problemas eran aún mayores.

Toda la comunidad aguardaba ansiosa la llegada de la primavera.

Toda, menos Lía.

Por un lado odiaba aquel terrorífico invierno, pero por el otro le espantaba la idea de que al fin terminase y con él concluyese de igual modo una etapa de su vida en la que podía corretear libremente descubriendo un mundo en el que cabían ballenas y navegantes de pelo rojo o dejar transcurrir las horas observando extasiada cómo gracias al talento de su hermano una simple laja de piedra pasaba a convertirse en un cabritillo, un ciervo o tres caballos.

O en una tórtola a punto de echar a volar.

El asombroso universo de imágenes que Ansoc creaba o desbarataba en cuestión de minutos se había convertido en su principal razón de vivir, por lo que no podía evitar llorar al comprender que estaban a punto de arrebatársela.

CAPÍTULO V
LA INMENSA NEVERA

Una anciana eligió salir por su propio pie en plena noche y recorrer poco más de cien metros antes de convertirse en estatua de hielo.

Otra murió por causas naturales y decidieron colocarla a su lado con el fin de que se hicieran compañía sabiendo como sabían que las bestias carroñeras no irían a molestarlas.

Con la llegada de la primavera, esas mismas bestias esperarían con impaciencia a que las víctimas del invierno se descongelaran con el fin de iniciar un merecido y muy necesitado banquete primaveral, pero los *ghámanas* se les adelantarían enterrando a las difuntas mientras aún seguían siendo trozos de hielo.

La ceremonia consistía en abrir una fosa, cubrir el fondo con una gruesa capa de brasas y colocar encima los cadáveres.

Al poco el hielo comenzaba a derretirse y emergía una columna de vapor, lo que significaba que el espíritu de los difuntos estaba ascendiendo al cielo, momento en el que se apresuraban a cubrir la tumba con tierra y rocas antes de que hediera a carne chamuscada.

A continuación iniciaban la búsqueda de cualquier bicho viviente que hubiera tenido la desgracia de morir congelado, y en ese afán los humanos contaban con una notable ventaja sobre el resto de sus competidores ya que utilizaban el fuego para derretir los trozos de hielo. Eran «los dueños del fuego» y como tales eran los únicos que podían encender una hoguera en el lugar preciso, descongelar la presa y llevársela a casa.

La enorme nevera que acababa de abrirse con la llegada del buen tiempo conservaba –con todo su sabor y todas sus propiedades alimenticias– ingentes tesoros que aguardaban a los más inteligentes.

Bajo una gruesa capa de hielo ningún cadáver apestaba y por lo tanto el olfato, tan esencial a la hora de detectar presas, no resultaba prioritario.

Cuando los arroyos y los ríos comenzaban a correr también revelaban sorpresas –grandes peces, pequeños cangrejos y enormes ranas casi petrificados– por lo que toda la familia correteaba de un lado a otro cargando con cuanto sirviera para recuperar fuerzas tras casi medio año de incontables penurias.

Aunque a veces se detenían bajo un rayo de sol.

Media hora al sol les proporcionaba casi tanta energía como un kilo de carne de cabra.

Más aún porque la carne de cabra no merecía ser adorada y el sol sí.

Algunos clanes rendían tributo al sol otorgándole una categoría casi divina, pero los *ghámanas* consideraban que demasiado a menudo el sol caía derrotado ante el implacable ataque de las nubes y que eso era impropio de un auténtico dios, puesto los dioses tenían la ineludible obligación de ser invencibles.

En ocasiones Ansoc y Lía se sentaban a observar como una minúscula nube, inconsistente, frágil y casi deshilachada, hacía de pronto su aparición en el horizonte, avanzando, retadora y altiva, hacia un disco rojo que en esos momentos se comportaba como monarca de los cielos.

La harapienta masa blanca, juguete del viento y vagabunda sin destino, parecía condenada a esfumarse en cualquier momento, pero aun así podría considerársele inasequible al desaliento y tan tozuda como tan solo pueden llegar a serlo quien sabe que carece de futuro.

Pasaban los minutos, en la desigual batalla hasta que un etéreo David vencía a un ardiente Goliat, durante los cuales Ansoc y Lía experimentaban una leve sensación de frío.

Puede que la ocultación del sol durara solo un instante o media hora, pero bastaba para hacer pensar a quienes habían tenido que abrigarse que la naturaleza, amén de cruel o generosa, resultaba demasiado a menudo divertidamente caprichosa.

El sol lo era todo, la nube nada, pero durante aquel corto periodo de tiempo la nada había ninguneado al todo.

Y para colmo, al poco rato la descarada nubecilla se alejaba a su pausado ritmo, casi con un gesto despectivo, dejando el campo libre pero advirtiendo que si el viento cambiaba aún podía regresar a tocarle las narices al «astro rey».

Y a ese «astro rey» no le quedaba más remedio que aguantar las impertinencias de semejante andrajosa, sabiendo que dentro de unos meses llegaría un rugiente y compacto ejército de espesos nubarrones que lo borraría de la faz de los cielos.

O también podrían llegar las temidas «aguas muertas» que impedían todo contacto entre la Tierra y el sol durante años.

No obstante, en aquellos momentos el sol transmitía vida a un paisaje poco antes agonizante, y su luz propiciaba que en la gran laja de piedra y en las rocas del acantilado nacieran nuevas imágenes de ciervos, cabras, caballos o tórtolas creados por una mano cada vez más segura de sí mima.

Contra toda lógica cabría imaginar que –en lo que se refería su talento artístico– aquel invierno de absoluta inactividad había conseguido el milagro de transformar a Ansoc en adulto sin haber pasado por la etapa de adolescente.

Sus trazos eran cada vez más seguros y su visión de conjunto más amplia, a la par que había comenzado a buscar en los salientes y grietas de las rocas eficaces aliados que le permitían dar cuerpo y relieve a sus obras.

Era como si estuviera buscando una nueva dimensión a cuanto hasta aquel momento había sido absolutamente plano; un audaz esbozo de lo que pretendía crear en un futuro, a medio camino entre la pintura y la escultura.

Al acabar de derretirse la nieve quedó a la vista una curiosa roca con dos protuberancias unidas por una profunda incisión y Ansoc las talló con el fin de transformarlas en dos cabezas unidas por un firme vínculo.

Bajo una de ellas grabó un triángulo con un punto en el centro y en otro un círculo atravesado por una raya.

–Esta eres tú –dijo–. Y este otro soy yo. Cuando nos separen nos bastará con dejar nuestra marca en cualquier lugar para saber que estuvimos allí.

Tal vez fuera la primera vez que alguien ideó dos signos que representaban a dos seres humanos en concreto, o tal vez alguien lo hubiera hecho mil años antes, pero lo cierto es que allí quedaron el triángulo y el círculo puesto que las rocas eran las únicas capaces de soportar impasibles el paso del tiempo.

Ansoc los creó con conocimiento de causa y en el momento justo puesto que no tardó en llegar la malhadada noche en que Lía comenzó a sangrar y su mundo se derrumbó.

Se había convertido en mujer.

Y para algunas *ghámanas* convertirse en mujer significaba un cambio tan total y absoluto como si hubieran vuelto a nacer y ya no formaran parte del clan.

Su nueva familia podría incluso cambiarle el nombre.

La confinaron en una pequeña estancia bajo la vigilancia de dos ancianas y una semana más tarde se abrazó llorando a sus padres y a Ansoc, se despidió del resto del clan, y acompañada por el único guía que conocía el intrincado camino que la conducía a su aborrecido destino, emprendió un largo y agotador viaje.

Tras quince días de dura caminata, coronando cumbres casi inaccesibles, atravesando estrechos desfiladeros y bordeando precipicios que provocaban vértigo, fue entregada a los *wairinos,* que la recibieron tal como se merecía una doncella, jurando solemnemente que en cuanto una de sus hijas comenzara a sangrar se la llevarían a los *ghámanas* en justa compensación por la que acababan de recibir.

Los *wairinos* –que en el dialecto local venía a significar «los escondidos»– habitaban en un profundo valle al que tan solo sus propios guías sabían llegar, y el único contacto que mantenían con el mundo exterior se limitaba al intercambio de muchachas con el fin de evitar tener hijos con sus primos, sus tíos, sus hermanos e incluso sus padres.

Aquellos pequeños grupos familiares no podían desprenderse de los hombres encargados de cazar y defenderlos, pero sabían por amarga experiencia que si tan solo se reproducían entre ellos los niños acababan naciendo malformados.

De ese modo, al intercambiar algunas mujeres se hacían cada vez más fuertes, y ser fuertes era la única forma de sobrevivir.

Tanto los *wairinos* como los *ghámanas* tenían por costumbre aceptar que el nuevo miembro del clan dispusiese de un tiempo prudencial a la hora de elegir pareja entre los hombres solteros, y también estaba permitido que al cabo de cinco años decidiera si prefería regresar con su antigua familia o quedarse para siempre con la nueva.

Tales normas tenían por objeto dar una oportunidad a las que no habían tenido hijos –o que pronto serían ya infértiles– de no pasar el resto de su vida siendo tratadas como poco más que sirvientas.

Al mismo tiempo la comunidad se libraba de tener que alimentar a quien no contribuía a fortalecerla.

CAPÍTULO VI
GRANDES DIOSES Y PEQUEÑOS DEMONIOS

Para Ansoc, la ausencia de Lía, sabiendo que nunca podría ir a visitarla y con mucha suerte tan solo conseguiría verla dentro de cinco o seis años, constituyó un durísimo golpe.

No solo había perdido a su hermana, sino también a su amiga, su maestra, su confidente, su consejera, su mejor crítico y casi su progenitora, puesto que siempre había ejercido más como madre que su auténtica madre.

Cabría decir que en cierto modo había pasado a convertirse en una especie de huérfano o en un desarraigado que poco tenía ya en común con cuantos lo rodeaban.

Ahora su única misión consistía en bajar a la costa y pasar en ella un par de días atrapando lapas, ostras, almejas, mejillones, cangrejos o pulpos, con el fin de volver a subir cargado como un burro, puesto que tras meses de invierno y un comienzo de primavera a base de carne, la comunidad necesitaba un drástico cambio de dieta.

En tan duro trabajo solía acompañarlo uno de sus primos por parte de padre, Mungo, un muchacho callado y hosco que tenía justa fama de llevarse mucho mejor con los animales que con las personas, pero que un buen día tuvo una feliz idea: liberar de sus conchas a los moluscos y echarlos todos en un mismo saco, lo cual aligeraba de forma notable el hecho de transportarlos monte arriba.

La contrapartida fue que cuando el contenido de un saco de piel de cabra se desparramó sobre un gran recipiente de piedra, los *ghámanas* se enfrentaron a una babosa y movediza mezcolanza de sinuosos seres de muy diferentes formas, aromas y texturas que por si fuera poco apestaba a macho cabrío.

Era como si el estómago de una monstruosa nutria marina hubiera devuelto su contenido a medio digerir, y aunque en un principio hombres, mujeres, ancianos y niños observaron con cierto reparo tan repelente sopa, al fin un gigantón introdujo su enorme manaza en el recipiente, formó una especie de cuenco, permitió que toda clase de moluscos se introdujeran en ella, sorbió ruidosamente y asintió con la cabeza con gesto de satisfacción.

Veinte manos lo siguieron, por lo que poco después ya no quedaba nada, y a Ansoc le sorprendió que esa noche los adultos copularan desaforadamente.

Pocos días después el padre de Ansoc, que había estado persiguiendo carneros en la cima de una montaña, llegó afirmando que creía haber visto muy a lo lejos una manada de bisontes.

¡Auténticos bisontes!

Hacía siete años que los animales más apreciados por los *ghámanas*, tanto por su piel como por su carne, habían decidido elegir otras rutas durante su búsqueda de nuevos pastos, por lo que el hecho de que existiera una esperanza –por remota que fuera– de que podían regresar, contribuyó a levantar el ánimo de quienes pasaban por tiempos de incontables tristezas y amargas calamidades.

El consejo de ancianos decidió que no resultaba oportuno dejar a la comunidad desabastecida de caza y mucho menos desguarnecida de hombres fuertes, por lo que se determinó que fueran los muchachos que se encargaban de aprovisionarlos de moluscos los que intentaran averiguar si realmente se trataba de bisontes.

Si los localizaban debían regresar indicando hacia dónde se dirigían, puesto que si se aproximaban lo suficiente habría llegado el momento de intentar atraparlos.

Si por el contrario no estaban en el lugar indicado, el clan tendría que seguir apañándose con lo que tenía y los añorados bisontes continuarían siendo el gran sueño perdido.

Los dos primos iniciaron por tanto la marcha cargando con sus lanzas, sus hachas, sus cuchillos, y sobre todo sus miedos.

No habían cumplido aún los doce años pero eran plenamente conscientes de que al otro lado de la cadena de montañas coronadas por el «Pico del Águila» –una árida cumbre que destacaba por su alta y lisa pared de color rojizo– se abría un universo plagado de peligros en el que toda clase de fieras estarían encantadas de elegirlos como cena.

–¿Quién prefieres que te coma el pito: un oso, un león o un jabalí?

Evidentemente Mungo poseía un deleznable sentido del humor.

–Encontrármelo les iba a resultar difícil, pero en esta época del año los osos no suelen estar hambrientos, o sea que lo que tenemos que hacer es vigilar a los jabalíes procurando que haya árboles cerca.

–¿Y si nos ataca un león? Mi padre asegura que al otro lado de esas montañas puede haber leones.

–Te alcanzará a ti primero porque estás más gordo.

Subirse a los árboles era un recurso al que se hacía necesario echar mano con harta frecuencia, por lo que constituía una sana y recomendable costumbre que los muchachos se retaran a trepar más alto y más rápido.

Y a la hora de encaramarse a una rama Ansoc llevaba ventaja puesto que su primo era más fuerte, pero él más ágil e inteligente.

Por desgracia, ni la agilidad ni la inteligencia, ni mucho menos la capacidad de dibujar caballos que parecieran estar corriendo, o tórtolas que parecieran estar volando, servían de gran cosa a la hora de vencer al miedo, por lo que en un terreno tan resbaladizo ambos andaban en igualdad de condiciones.

El temor a los entes diabólicos, que según las leyendas también pululaban al otro lado de las montañas, no era algo que pudiera espantarse invocando la inteligencia, las artes, ni tan siquiera a los dioses, puesto que el chamán opinaba que desde el punto de vista de los dioses los mismos derechos tenía un oso a la hora de comerse a un hombre que un hombre a la hora de comerse un ciervo.

Eran los dioses quienes los habían creado y quienes les habían proporcionado la habilidad para cazar y la habilidad para no ser cazados, por lo que cada cual debía apañárselas como buenamente pudiera.

Ansoc aún no había conseguido hacerse una idea muy clara en cuanto a lo que se refería a los dioses, su inmenso poder, sus constantes exigencias o sus infantiles caprichos, y pese a que Lía le había pedido en multitud de ocasiones que le dibujara la imagen del dios de la fecundidad, él siempre se había mostrado reacio a complacerla.

–Yo tan solo pinto lo que veo.

–Pues intenta imaginártelo.

–Sería falso. Y si es falso no representaría a un dios.

–Dicen que algunos chamanes han sido capaces de representar a los dioses.

–Serán los dioses que ellos imaginaban pero a mí no se me ocurre nada.

En realidad no es que no se le ocurriera nada; era que no deseaba que se le ocurriera porque de algún modo presentía que el mero hecho de crear la imagen de un ser supuestamente superior provocaría que esa imagen lo acompañara a donde quiera que fuese.

En buena lógica lo que no ha sido creado no existe, y el mero hecho de haber nacido miles de años antes que algunos ilustres filósofos no era óbice a la hora de pensar con una cierta lógica.

Si la capacidad artística de Ansoc superaba las trabas y carencias que le imponían las difíciles circunstancias del tiempo que le tocó vivir, no resulta demasiado aventurado suponer que su capacidad intelectual también debía ser en cierto modo superior a la de sus contemporáneos.

O al menos su capacidad de intuir.

Se podrían contar por millones los casos en los que la simple intuición ha superado a la más sesuda reflexión, por lo que en aquel lugar y en el crítico momento de coronar la cadena montañosa e iniciar el descenso hacia un mundo desconocido, el simple hecho de adelantarse unas décimas de segundo a los acontecimientos podía significar la diferencia entre conservar el pito o perderlo.

Tras superar las cimas, lo primero que llamó su atención fue que la empinada cordillera descendía ahora de forma suave y armoniosa bajo la forma de un gigantesco tapiz de tupidos bosques que se perdían de vista en la distancia.

Desde aquel otero cabría suponer que se podría caminar sobre una interminable alfombra confeccionada con millones de copas de árboles cuyas únicas diferencias apreciables se centraban en las distintas tonalidades de verde y alguna que otra mácula roja o amarilla.

–No parece tan peligroso.

–Si fuéramos pájaros, no, pero fíjate en la altura de esos robles e imagina lo que pueden esconder.

Ciertamente no resultaba difícil imaginar que en la penumbra de aquellos espesos bosques, que tenían fama de no haber permitido regresar nunca a quienes se habían atrevido a aventurarse en sus dominios, pudieran ocultarse feroces monstruos.

–¿Y si volvemos?

–¿Y qué decimos?

–Que no hemos visto bisontes.

–No se puede ver a los bisontes desde aquí. Tenemos que encontrar sus huellas y seguir su rastro.

–¿Eres capaz de diferenciar el rastro de un bisonte del de una cabra?

–Las cabras dejan pequeñas cagarrutas y los bisontes plasta de mierda de este tamaño, así que vamos.

Fueron, y lo primero que les alertó fue una estremecedora sinfonía de histéricos chillidos.

A punto estuvieron de dar media vuelta y salir corriendo pero sabían que si renunciaban a la primera de cambio los expulsarían del clan, por lo que hicieron de tripas corazón siguiendo a duras penas hasta descubrir, aliviados, que los culpables de la alarmante algarabía no eran bestias feroces sino cientos –más tarde comprobarían que miles– de pequeños macacos que saltaban de rama en rama o correteaban jugando y peleándose.

Se hizo el silencio.

Los sorprendidos simios observaron durante unos instantes a sus enormes parientes, y alentados evidentemente por la superioridad numérica, se aproximaron con el fin de olfatearlos, tocarlos e intentar apoderarse de sus escasas pertenencias.

Constituían un auténtico ejército de descarados ladronzuelos; su osadía no parecía conocer límites, se enfurecían cuando les impedían conseguir su objetivo de apoderarse de algo y tan solo cesaron en sus fechorías y se echaron a correr despavoridos cuando Mungo tuvo la feliz idea de alzar los brazos y lanzar un sonoro aullido.

Ansoc le felicitó:

–Aúllas muy bien.

–Es que me enseñó un cachorro de lobo.

–Nunca te he visto con un lobo. Con otros bichos, sí, pero nunca con un lobo.

–Lo tuve escondido casi un año porque todos odian a los lobos, pero un día mi tío notó que olía a lobo, me siguió, lo encontró y lo mató.

–Lo siento.

–Y yo, pero sabía que un día u otro tenía que ocurrir. ¿Tú odias a los lobos?

–Es lo que me han enseñado, pero de momento no me han hecho nada.

CAPÍTULO VII
«LOS DUEÑOS DEL FUEGO»

Caía la noche e hicieron lo que mejor sabían hacer cuando la oscuridad amenazaba.

Encendieron fuego.

Para conseguirlo tan solo necesitaban dos ramas y un poco de la ingente cantidad de pinocha que alfombraba el suelo, pero en cuanto surgió la primera llama los macacos comenzaron a gritar iniciando una precipitada huida hacia las copas de los árboles porque el fuego era el peor enemigo de los habitantes de unos bosques que en verano se secaban aguardando la llegada de unos rayos que de improviso transformaban el color del paisaje del verde a un rojo intenso que arrasaba cualquier forma de vida.

Cuando eso ocurría tenían que abrazar a sus crías y escapar saltando de rama en rama sin tan siquiera gritar, conscientes de que el simple hecho de hacerlo consumía energías y los distraía a la hora de encontrar la rama apropiada a que aferrarse.

Para las bestias el fuego constituía la representación del demonio, al igual que para algunos humanos constituía la representación del infierno en el que habitaba ese mismo demonio.

La gran diferencia estribaba en que los humanos sabían cómo dominar el fuego, aunque demasiado a menudo se les escapaba de las manos.

Al advertir que los macacos dejaban de importunarlos y sabiendo que a las fieras tampoco les gustaba el fuego, Ansoc y Mungo comprendieron que la forma más segura de adentrarse en una arboleda en la que la mayor parte de las veces los rayos del sol no alcanzaban a iluminar la gruesa alfombra de hojarasca, era hacerlo en compañía de ese fuego, por lo que en cuanto amaneció decidieron reiniciar su camino turnándose en la tarea de avanzar con una antorcha encendida.

Su juventud, inexperiencia y el hecho de sentirse «dueños del fuego» los transformó como por arte de magia, pasando de ser asustadas víctimas a valientes e invencibles conquistadores.

Un par de horas más tarde consiguieron alancear un cervatillo y se atiborraron de carne a la brasa, expandiendo a su alrededor un nuevo olor que tuvo la virtud de aterrorizar aún más a cuantos se encontraban en las proximidades.

Quienes percibían aquel detestable hedor a carne chamuscada lo asociaban a apocalípticas desgracias durante las cuales los árboles quedaban reducidos a carbón y los seres vivos a cenizas.

Gracias al evidente temor que provocaban, los dos jóvenes «aventureros» se sentían los amos del mundo, aunque no dejaban de preguntarse la razón por la que los *ghámanas* demostraban tantas reservas a la hora de aventurarse más allá de la altiva cordillera.

–Algo sabrán que no nos han dicho.

–¿Cómo qué?

–¡Y yo qué sé!

–Lo único que he oído decir es que quien llega hasta aquí nunca regresa.

–¿Y te parece poco?

Aquella era una pregunta harto preocupante pese a que hasta aquel momento el entorno no estuviera resultando amenazador.

–También podría ocurrir que más adelante existan tantos bisontes que nadie haya querido volver.

–Sería magnífico.

Una especie de paraíso sin el crudo clima de la costa oceánica y en el que abundara la caza constituía sin duda una opción harto esperanzadora por lo que decidieron continuar la marcha cargados de ilusiones.

Por si todo ello no bastara, no encontraban huellas de osos, ni de lobos, ni de leones, y los jabalíes no parecían formar piaras peligrosas.

Tampoco descubrieron huellas humanas.

Comenzaban a sentirse cada vez más seguros y relajados, y lo hacían a medida que el miedo parecía ir escapando por sus poros como si sus cuerpos hubieran sido esponjas comprimidas que ahora se expandían permitiéndoles respirar libremente y ver las cosas de otro modo.

Si sus enemigos tradicionales no estaban cerca intentarían disfrutar de cuanto les ofrecía una naturaleza que se mostraba tan extremadamente generosa que incluso la lluvia era cálida.

Vivían al aire libre, sin verse obligados a respirar humo ni cubrirse con pieles, por lo que ni tan siquiera necesitaron consultarse a la hora de seguir adelante.

Al tercer día encontraron huellas de bisonte.

¡Bisontes!

¡Auténticos bisontes!

Ahora sí que el mundo empezaba a ser perfecto.

¿Qué más podía pedirse a unos dioses que les proporcionaban agua limpia, frutos silvestres, caza abundante, y por si todo ello no bastara, bisontes?

Lo único que Ansoc podía pedir a esos dioses –si es que existían, y algunos debían existir puesto que se habían molestado en crear semejante edén– era que su hermana estuviera allí para poder disfrutarlo.

Pero su hermana tendría que esperar años antes de poder venir a ver a los bisontes.

El recuerdo de Lía lo perseguía hasta el punto de que en ocasiones dibujaba en una roca o grababa en el tronco de árbol un círculo atravesado por una raya que simbolizaba su nombre, confiando en que algún día pudiera verlo y comprendiera que la llevaba en su corazón y la seguiría llevando por muy lejos que fuera.

En ocasiones soñaba que corrían juntos persiguiendo cangrejos, o que volvían a aterrorizarse viendo a un hombre pelirrojo perdiéndose de vista en el océano.

Y a menudo recordaba el persuasivo tono de voz con el que le suplicaba que le pintara un caballo con las crines al viento o un antílope saltando.

En esos momentos solía permanecer extasiada, hipnotizada por el hecho de que una vez más de la nada surgiera un trazo, y del trazo una línea y de la línea una figura de un antílope que sin necesidad de moverse ya saltaba.

Pero si su hermana no estaba allí para verlo, los caballos no corrían, los antílopes no saltaban y las tórtolas no volaban.

En otra ocasión le había pedido que dibujara el rostro de Gena, pero pese a que Ansoc lo recordaba muy bien y podría haberlo hecho, se había negado.

–La mató un oso –fue todo lo que dijo.

Y a Lía le bastó.

Lía entendía perfectamente cuanto se refería a quien había cuidado desde la cuna, pero ya no estaba allí, mientras el ceporro de su primo no parecía entender nada que no tuviese relación con la comida, como si pretendiera saciar en pocos días todo el hambre que había acumulado hasta el momento.

Le encantaba el tuétano y sobre todo los sesos, pero el hecho de atiborrarse de ellos no parecía que le estuviera sirviendo de mucho a la hora de discurrir, ya que se comportaba como un párvulo decidido a disfrutar de unas eternas vacaciones en un país de fábula.

Tan de fábula que al fin, una gloriosa mañana, los olieron.

Al nacer ambos habían sido envueltos en pieles de bisonte y llevaban dentro la sensación de calor y bienestar que su olor significaba, por lo que en cierto modo prefirieron que fuera el olfato el que les trajera a la mente los recuerdos de su infancia antes de enfrentarse a unas míticas criaturas a las que nunca habían visto.

Para los jóvenes *ghámanas* los bisontes eran casi semidioses de los que sus padres y abuelos hablaban como si constituyeran el remedio a todos los males y su leche la panacea que curaba las más crueles enfermedades.

¡Y su carne...!

Pocos *ghámanas* vivos recordaban haberla probado en toda su grandeza puesto que cuando empezaron a escasear estaba prohibido matarlos salvo en caso de extrema necesidad. Normalmente tan solo estaba permitido comérselos cuando habían muerto de viejos, y lógicamente la textura y el sabor de su carne ya no eran los mismos.

Pero ahora estaban cerca.

¡Muy cerca!

Ansoc y Mungo se deslizaron entre la maleza, sin un rumor, como sabían hacerlo cuando iban de caza, y al apartar unos arbustos quedaron extasiados ante tanta belleza.

Eran cuatro, y el macho la bestia más hermosa que hubieran visto nunca.

Les superaba en altura; debía pesar diez veces lo que cualquiera de ellos y sus afilados cuernos apuntaban al cielo como desafiando a quien osara molestarlo.

Aquel era sin duda el rey del bosque.

Y el rey del bosque también los había olido pero ni tan siquiera se dignó dirigirles una despectiva mirada pues debió suponer que tales intrusos no eran más que un par de malolientes macacos atiborrados de bellotas.

Mientras no apestaran a león no había razón para inquietarse puesto que los leones eran los únicos enemigos capaces de abalanzarse de improviso sobre sus crías, romperles el cuello de una dentellada y trepar luego a un árbol en el que aguardar con infinita paciencia a que sus padres se cansaran de proteger un hediondo cadáver.

Todos los seres vivos, pero especialmente los bisontes, los simios y los hombres, odiaban a los leones.

Eran crueles, traidores, escurridizos, sanguinarios, y tan ladinos que lo mismo se dejaban caer desde una gruesa rama que saltaban del arbusto en el que se habían mantenido agazapados.

Su única virtud estribaba en que la mayoría de sus víctimas apenas tenían tiempo de comprender que habían pasado de vivos a muertos en cuestión de segundos.

Ni Ansoc ni Mungo habían visto nunca un auténtico león.

Ni tan siquiera lo habían olido.

Los ancianos aseguraban que el olor de un lince se parecía al de un león y que sus huellas y sus excrementos también se les asemejaban.

Mungo había tenido un cachorro de lince pero lo cierto es que Ansoc no recordaba cómo olía, lo que tal vez se debiera a que por aquel tiempo apenas abandonaba la caverna y en la caverna los olores se entremezclaban en exceso.

En aquel inmenso bosque abundaban los linces, de eso no cabía duda puesto que sus huellas proliferaban en torno a las madrigueras de topos y conejos, pero ni los bisontes ni los hombres tenían que preocuparse por su presencia.

Los macacos sí, y resultaba irritante el escándalo que organizaban en cuanto los distinguían trepando a los árboles.

Pero el inolvidable día en que Ansoc vio por primera vez a los bisontes no había leones cerca, ni tan siquiera un mísero lince cuyo olor inquietara a nadie, lo cual propició que pudiera aproximarse a ellos hasta casi tocarlos.

Mungo optó por mantenerse a prudente distancia.

–¡Estás loco! –le advirtió–. Si ese bicho te embiste acabarás en lo alto de una rama.

–¿Y por qué habría de embestirme?

–¿Y por qué no?

Era una buena pregunta cuya única respuesta se encontraba en la actitud del animal, que continuó pastando ajeno a cuanto no fuera la hierba.

Ansoc apenas tardó unos minutos en advertir que, tal como aseguraban los ancianos, los bisontes no arrancaban la hierba; a diferencia de otros herbívoros se limitaban a mordisquear su parte superior, la más jugosa y tierna, lo cual propiciaba que luego creciera con más brío.

De ese modo, al volver apenas tenían que inclinarse a la hora de seguir pastando.

Y además abonaban la tierra a gusto, dejando a sus espaldas enormes plastas de excrementos que caían acompañadas de sonoras y pestilentes flatulencias.

Ansoc decidió que aquel era el lugar en el que quería quedarse a aprender cuanto pudiera sobre los bisontes y por su parte Mungo decidió que no se le ocurría ningún otro lugar mejor adonde ir, por lo que optaron por montar un tosco campamento a orillas de un arroyo en el que abundaban los peces, las ranas y los cangrejos.

Aprovechando las ramas en forma de uve de un roble que debía llevar allí cientos de años, improvisaron una tosca choza en la que permanecían al resguardo de la lluvia y en cuya puerta ardía a todas horas una pequeña hoguera que indicaba a los intrusos indeseables que aquel lugar se había convertido en el reino de los dueños del fuego.

Cada vez tenían más claro por qué razón nunca nadie había regresado del tenebroso bosque; lo verdaderamente tenebroso no era el bosque, sino lo que habían dejado al otro lado de las montañas.

Una tarde, mientras contemplaba como el macho montaba a una de sus hembras, Ansoc comentó:

–Quizás nuestros padres nunca han querido venir porque aquí no hay mujeres.

–Podrían haberlas traído.

La respuesta era tan lógica que su propia simpleza exigía un profundo análisis.

–Puede que ellas no quisieran venir.

–¿Por qué?

–Tal vez porque no hay cuevas. No hemos visto una cueva habitable desde que abandonamos las montañas.

Mungo alzó los brazos señalando el techo y las paredes de ramas de la choza al tiempo que comentaba:

–Esto me gusta más que una cueva.

–Y a mí. Pero creo que a las mujeres no.

–¿Por qué?

–Supongo que será porque necesitan un lugar seguro a la hora de tener hijos.

–Este es un lugar seguro.

–Para nosotros sí, pero para las mujeres no porque aquí hasta un mísero lince se puede llevar a un recién nacido en cuanto te descuides.

–Pues será por eso.

–Será...

Tampoco era cuestión de darle muchas vueltas; si los adultos preferían las cuevas sus razones tendrían, pero no era aquel lugar ni momento para molestarse en averiguarlo.

La mayor parte del tiempo Mungo se dedicaba a cazar, pescar o intentar amaestrar a un macaco con el que había entablado amistad, mientras Ansoc aprovechaba las pieles, especialmente las de conejo, para pintar hasta el mínimo detalle de la anatomía de unos bisontes que apenas le prestaban atención.

Era aquella una vida placentera y casi bucólica, ni tan siquiera soñada por quienes habían crecido rodeados de hambre, frío, miedo y calamidades.

En ocasiones hablaban de su familia pero de un modo casi inconsciente lo hacían como refiriéndose al pasado.

Ahora se consideraban libres de elegir su destino, y ya nadie volvería a ordenarles que bajaran a la costa a buscar peces y moluscos, ni les obligaría a pasarse horas golpeando piedras con el fin de convertirlas en puntas de lanza.

Pero una noche quienes no temían al fuego cayeron sobre ellos acabando brutalmente con todos sus sueños de libertad.

Los monstruos y demonios que según las leyendas habitaban en los bosques que comenzaban más allá de las montañas no eran tan solo una leyenda.

Eran reales.

Espantosamente reales.

CAPÍTULO VIII
SERES MALIGNOS

Lo despertaron los gemidos de su primo, percibió un olor nauseabundo, y cuando abrió los ojos tan solo pudo vislumbrar algo grande y velludo pegado a la nariz.

Atado en cruz a cuatro estacas le resultaba imposible realizar un solo movimiento, por lo que dejó escapar un aullido al advertir que le presionaban los testículos y parecían a punto de castrarlo.

Los lamentos de Mungo cesaron con un espasmo, lo cual tal vez significaba que había exhalado un último suspiro. Se hizo un silencio roto tan solo por algún que otro aislado gruñido, la presión sobre sus testículos aumentó de forma considerable y al poco advirtió que algo muy pesado se colocaba sobre sus muslos subiendo y bajando tal y como recordaba que a su madre le gustaba subir y bajar sobre los muslos de su padre.

Fue entonces cuando comprendió que alguien se estaba apareando con él, y que la cosa negra, peluda y hedionda que le oprimía la cabeza era el trasero de otra mujer que se había sentado sobre su rostro.

El largo e indescriptible suplicio duró hasta que le sobrevinieron una sucesión de espasmos que tuvieron la virtud de vaciarle hasta de sus más íntimos pensamientos.

Lo dejaron allí, aturdido, atemorizado y extenuado, por lo que necesitó que transcurrieran unos minutos antes de intentar hacerse una idea acerca de cuanto estaba sucediendo.

Mungo se encontraba muy cerca, también atado, sangrando por un labio en el que le habían mordido con saña y convertido en un guiñapo.

Todo resultaba casi irreal y extremadamente confuso, y cuando al fin consiguió alzar la cabeza advirtió que una docena de mujeres permanecían atentas a cada uno de sus gestos.

No tardó en comprender que los observaban como se observa al cabritillo que servirá de cena.

–¿Quiénes son? –sollozó Mungo.

–No lo sé.

–¿Nos van a comer?

–Eso me temo.

–Nunca he oído hablar de mujeres que se coman a la gente– balbuceó el pobre muchacho intentado conservar un hilo de esperanza–. De hombres sí, pero no de mujeres.

–Si hay hombres que se comen a la gente, también deben existir mujeres que se comen a la gente.

–¿Y dónde están los hombres?

–No lo sé.

Guardaron silencio aterrorizados y porque no tenían mucho que decir debido a que aquellas hembras humanas –si es que se les podía considerar humanas– estaban totalmente desnudas. La mayoría les doblaban la edad, tenían grandes partes del cuerpo cubiertas de vello, cejas densamente pobladas, dientes amarillentos y largas melenas sucias y enmarañadas.

Pintarrajeadas de rojo en los pechos y las piernas su aspecto resultaba repelente puesto que además parloteaban, gruñían y se reían como si el hecho de abusar de unos indefensos adolescentes constituyera una hazaña alabable y digna de ser tenida en cuenta.

Totalmente desnudas, se acuclillaban en semicírculo, defecando u orinando sin el menor recato mientras tres de ellas se entretenían en lanzar piedrecitas a los cautivos jugando a ver si eran capaces de acertarles en los testículos.

Una gorda grasienta se aproximó y comenzó a tantearles las piernas y los brazos sin que resultara posible averiguar si estaba calculando sus fuerzas o la calidad de sus carnes, y tras el minucioso examen acabó abriéndoles la boca y estudiando sus dientes como si de ese modo pudiera determinar su edad y su estado de salud.

Por último, una escuálida con aspecto de tiñosa, la más horrenda entre las horrendas, se arrodilló sobre Ansoc y comenzó a practicarle una felación.

El pobre muchacho llegó a creer que moriría de asco, miedo, y sobre todo de la insoportable tensión que significaba estar esperando a que en cualquier momento aquellos afilados y sucios incisivos decidieran cercenar de un solo golpe la parte más preciada de su cuerpo.

Cerró los ojos, trató de pensar en otra cosa y le vino a la mente una imagen de pacíficos bisontes a los que dibujaba mientras su hermana se asombraba de la perfección de los trazos.

Pero eso no podía ser real debido a que Lía no estaba a su lado cuando vio a los bisontes.

Se la habían entregado a los *wairinos* tiempo atrás.

Aunque aquel pequeño detalle no importaba; lo que importaba era que el recuerdo de Lía y los bisontes le ayudaban a evadirse pese a que las indecentes mujeres habían empezado a animar con gritos y risas a la asquerosa harpía, a la que al parecer le estaba costando un excesivo esfuerzo conseguir que el tembloroso mocoso que había osado invadir sus territorios tuviera una nueva erección.

Si la tenía demostraría ser un macho aprovechable.

Si no la tenía tal vez tan solo lo aprovecharían como almuerzo.

La insistencia suele dar sus frutos, y en este caso la insistencia era fruto de la necesidad de un ser tan repelente de demostrar que era digna de formar parte del grupo, lo cual pareció excitar a otra hedionda mujeruca que gateó hasta Mungo con el fin hociquear entre sus muslos.

Aquella constituía sin duda una escena dantesca y degradante, casi inimaginable para cualquier ser humano con un mínimo sentido de la decencia, pero que correspondía a un determinado momento y a una serie de confusos acontecimientos e inusuales circunstancias que habían tenido lugar mucho tiempo atrás.

Los *murkas* habían llegado a constituir un temido clan de casi un centenar de individuos establecidos en los tranquilos bosques de las lindes de una meseta de clima templado y agua abundante, lo que les proporcionaba cuanto necesitaban.

Vivían en lo que podría considerarse un paraíso de la Edad de Piedra, pero no practicaban el beneficioso hábito de intercambiar sus genes debido al hecho de que los miembros de otros clanes, que además vivían muy lejos, no demostraban el menor interés por aparearse con unas mujeres ciertamente deleznables.

Y es que sin tener en cuenta su repelente aspecto –o motivado quizás por su repelente aspecto– las *murkas* eran zafias, lascivas, sádicas y tan prepotentes que consideraban que el mundo debía girar a su alrededor.

Una *murka* rara vez dejaba pasar una semana sin intentar llamar la atención provocando incidentes, por lo que familias acostumbradas a ser amables, evitar problemas y compartir cuanto tenían sabiendo que de ello dependía su bienestar, acabaron por aborrecer y rechazar a quienes parecían disfrutar metiendo cizaña.

Debido al abandono de varios hombres que se fueron de caza para no volver nunca sin que nadie pudiera garantizar que se los habían comido las fieras o se habían ido en busca de compañeras menos agobiantes, pero debido sobre todo al agrio carácter de sus hembras, el clan de los *murkas* terminó por quedarse aislado en un territorio casi despoblado en el que ellas acabaron por ser cada vez más dominantes y ellos cada vez más sumisos.

La historia ha dejado constancia del incontable número de ocasiones en que mujeres de fuerte personalidad –como el famoso clan de las *mosou* de las montañas chinas– se impusieron a hombres pusilánimes, y todo parece indicar que los *murkas* no debieron ser los únicos a los que les sucedió.

El hecho de constituir una sociedad sin claras jerarquías, por lo que cada cual podía expresar libremente su opinión, trajo aparejado que casi siempre se impusiera la opinión de quienes más gritaban. Y ante semejante caos, y tal como suele suceder cuando reina la anarquía, al fin surgió una líder que impuso su criterio por el eficaz sistema de abrirle la cabeza a quien no estuviera de acuerdo con sus ideas.

Y muy pronto demostró ser más despiadada que cualquier hombre –amigo o enemigo– que hubieran conocido los *murkas*.

A lo largo de los miles de años que el ser humano lleva enfrentándose a la naturaleza han tenido lugar infinidad de acontecimientos sorprendentes, desde la creación de imperios surgidos de la nada a la inexplicable desaparición de poderosas civilizaciones, pero la mayoría de tales acontecimientos tuvieron lugar por dos únicas razones: o lo decidían las incontrolables fuerzas de la naturaleza, o lo decidía la de igual modo incontrolable fuerza de la mente humana.

En el caso de los *murkas* la naturaleza se mostró neutral y continuó siendo tan generosa como de costumbre, aunque tal vez le sorprendiera que se dejaran de respetar las normas que determinaban que si se pretendía tener futuro como especie debía existir una cierta paridad entre los miembros de distinto sexo.

Machos dominantes y hembras dominadas solían dar malos frutos.

Hembras dominantes y machos dominados no los daban mejores.

Entre los humanos, la pareja siempre ha sido considerada una fórmula incuestionable, uno más uno, y cuando cualquiera de sus miembros aspira a ser más de uno resulta muy difícil que el resultado final llegue a ser exactamente dos.

Las *murkas* no lo entendieron, al igual que no lo habían entendido –ni lo entenderían nunca– la mayoría de los hombres, pero en este caso las consecuencias resultaron nefastas.

Los pocos que no se mostraron dispuestos a someterse a quienes se habían hecho con el poder intentaron cambiar de aires, pero como no era cuestión de quedarse sin pareja las *murkas* se lo impidieron.

Debió resultar una escena curiosa, atípica y hasta cierto punto cómica si no hubiera sido tan dramático ver a unos aterrorizados machos corriendo por entre los árboles perseguidos por una jauría de mugrientas desgreñadas dispuestas a violarlos.

El mundo al revés.

Miles de años más tarde la escena se repitió en las selvas de la cuenca amazónica, y como ya por aquel entonces existía la escritura, un historiador tan fidedigno como Fray Gaspar de Carvajal pudo dar fe de cómo mujeres guerreras sometían a hombres pacíficos.

Cuántas veces pudieron tener lugar persecuciones semejantes a lo largo del tiempo nadie puede saberlo, pero lo que sí parece cierto es que las *murkas* decidieron tomar medidas drásticas para no verse obligadas a correr demasiado; si al fugitivo lo capturaban durante su primer intento de fuga se le machacaban tres dedos de un pie; si lo alcanzaban durante la segunda se le quebraba una pierna, y si conseguían atraparlo durante la tercera se le castraba permitiendo que se desangrara hasta morir.

En la época en que las *murkas* se habían adueñado del poder en todo el planeta apenas habitaban un millón de seres humanos, lo cual venía a significar que en la totalidad de la actual península ibérica tan solo vivirían unos seis mil.

Y además se encontraban irregularmente distribuidos por culpa de su lógica dependencia del agua y la caza.

Eso significaba que quienes podrían haber acogido y protegido a los *murkas* se encontraban a días o semanas de distancia, razón por la cual los candidatos a vivir sin ser acosados, arañados, mordidos y golpeados cuando no conseguían tener una erección comenzaron a perder toda esperanza de futuro.

Verse obligado a ser sujeto pasivo en una relación sexual es malo.

Verse obligado a ser sujeto activo suele ser mucho peor.

Fue aquel malhadado día cuanto Ansoc y Mungo comprendieron por qué los *ghámanas* no se atrevían a internarse en los extensos bosques que se extendían al sur de la cordillera, y por qué razón los que lo hicieron nunca regresaron.

Conocían –o sospechaban– la existencia de las *murkas*.

Aún los martirizaron durante largo rato; aún les tiraron guijarros a los testículos, e incluso aún les mordisquearon las orejas, riendo y parloteando, tal vez dudando entre degollarlos, quedarse con uno, o llevarse a los dos.

Al fin optaron por maniatarlos y pasarles la horquilla de una rama por el cuello tirando de ellos como si los condujeran al matadero.

Los *ghámanas* habían enseñado a sus hijos a no llorar ni suplicar bajo ninguna circunstancia; tanto Mungo como Ansoc demostraron haber aprendido la lección en el justo momento en que les habían obligado a pasar de muchachos a hombres y se esforzaron por contener las lágrimas mientras observaban horrorizados a unos seres que nada tenían en común con las mujeres de su tribu.

Casi todas solían ser cariñosas, disfrutaban jugando con los niños, y aunque en ocasiones los riñeran, no recordaban que ninguna les hubiera puesto nunca la mano encima.

Los hombres sí, ya que sus padres no dudaban a la hora de arrearles un pescozón o una patada en el trasero cuando se lo tenían merecido.

Al llegar la noche acamparon en un claro. Encendieron hogueras y las hediondas bestias los volvieron a amarrar a estacas y los volvieron a violentar entre las risas de quienes parecían disfrutar tanto abusando como viendo como sus compañeras abusaban.

Eran auténticos demonios con piel humana, pero aún peores debido a que ni siquiera su piel parecía humana.

Tardaron tres días y tres noches en llegar a una caverna en la que aguardaban otras ocho mujeres semejantes y casi una docena de deformes chiquillos que no paraban de pellizcarles, patearles y escupirles.

La luminosa cueva era muy grande pero a diferencia de las de los *ghámanas,* que solían tener las entradas bajas y angostas, la entrada de esta era ancha, alta y orientada al sur con el fin de que el sol penetrara hasta el fondo y la calentara a todas horas.

En su interior se amontonaban cabras, cerdos, ciervos e incluso tres bisontes que convivían sin que un testigo imparcial se sintiera capaz de determinar en qué se diferenciaba el comportamiento de los humanos del de las bestias.

El acceso se encontraba protegido por una tosca empalizada de troncos, estacas y ramas espinosas, aunque por su orientación más bien parecía destinada a evitar huidas que a proteger de ataques.

A la hora de determinar si se trataba de un hogar o una fortaleza, se acabaría por admitir que en realidad parecía un presidio.

Los cautivos fueron abandonados en un rincón, y al poco les proporcionaron un cuenco de madera repleto de algo que no habían comido nunca, pero que –en contra lo que se pudiera imaginar– resultó francamente apetitoso.

Pero el hecho de que la comida fuera excelente no evitaba que se sintieran maltratados, ofendidos y humillados, puesto que aunque entre los *ghámanas* no solían existir notables privilegios en lo que se refería a la diferencia de sexo; casi siempre se aceptaba que la última palabra con respecto a los asuntos que atañían al conjunto de la comunidad debía corresponderles a los patriarcas.

Y desde luego a ninguna mujer se le pasaría por la mente violar a un hombre.

–¿Qué podemos hacer?

–¡Y yo qué sé...!

–Se supone que tú eres el más listo.

–Eso no resulta difícil si solo somos dos.

–Piensa.

¿Pero qué se podía pensar al enfrentarse a una situación tan insólita en los anales de la historia de todos los clanes, tribus o familias de las que tenían conocimiento?

Nadie que ninguno de los dos primos recordase había mencionado jamás una situación tan aberrante y que las viejas y sobrecogedoras historias que siempre habían escuchado acerca de libidinosos machos que llegaban matando y masacrando con el fin de raptar mujeres a las que convertir en esclavas sexuales pudieran haber dado un giro tan radical.

–No se me ocurre nada.

–Pues a mí tampoco. ¿Has visto algún hombre?

–No. Puede que los tengan encerrados en la empalizada del fondo.

–¿Y por qué no nos han llevado con ellos?

–No lo sé, pero si tienen las mismas costumbres que las mujeres prefiero que me maten.

–¿Te refieres a que podrían...?

–¡Vete tú a saber...!

CAPÍTULO IX
EL TIZÓN Y LA ROCA

Quien en aquellos momentos mandaba en la tribu, una mujer pequeña y flaca de ojos que se dirían capaces de ver en la oscuridad, los estudió como el tendero que analiza la mercancía que acaba de recibir y acabó por ordenar a los niños que dejaran de molestarles.

Evidentemente no les consideraba juguetes porque tal vez la supervivencia de su estirpe dependiera de ellos.

La experimentada Vigela sabía muy bien que los tres *murkas* adultos que malvivían en un rincón de la caverna no daban más de sí, y que los hijos que fueran capaces de engendrar nacerían con la mayoría de las lacras propias de un exceso de genes compartidos, un problema que saltaba a la vista al reparar en las deformidades de la mayoría de los críos que habían estado acosando a los cautivos.

Aislados durante demasiado tiempo, los *murkas* habían ido degenerando poco a poco y probablemente Vigela era el único miembro del clan que aún conservaba la lucidez suficiente como para comprender que si no quería que los pocos niños que nacían continuaran naciendo deformes, cabezones o tullidos, debía cuidar a unos aterrorizados adolescentes que parecían hacer sido enviados por los generosos dioses de la fecundidad.

Por sus venas corría sangre nueva y sus testículos debían convertirse en generosos manantiales que fecundaran vientres que ansiaban recibir un semen fuerte y vigoroso ya que en aquellos momentos tan solo recibían productos de desecho.

Los extensos territorios de los *murkas* se habían convertido en lo más parecido a una isla que todos sus habitantes podían abandonar; todos excepto los hombres.

Macacos, ciervos, cabras, carneros, e incluso los caballos, eran libres de ir y venir, pero los hombres en edad de engendrar hijos debían quedarse, visto que de lo contrario del territorio de los *murkas* tan solo restaría el territorio.

Y es que la mayoría de los animales únicamente tienen que defenderse de los enemigos que la naturaleza les ha proporcionado, mientras que los seres humanos también tienen que defenderse de los que ellos mismos se han buscado.

Que suelen ser muchos y con demasiada frecuencia gratuitos.

Resultaba comprensible, e incluso aceptable, que las mujeres *murkas* se sintieran discriminadas porque a los ojos de los miembros de otras tribus habían nacido físicamente poco agraciadas, pero no resultaba comprensible ni aceptable que se empeñaran en aumentar tan natural rechazo a base de comportarse de una forma violenta, provocadora y ofensiva.

Al parecer, miles de años de evolución no han logrado hacer comprender a algunos que existe una gran diferencia entre no querer y aborrecer, por lo cual resulta hasta cierto punto lógico que comunidades que existieron durante un periodo de escasa población circundante desaparecieran por falta de entendimiento entre vecinos.

La Historia enseña que algunos vecinos suelen ser los grandes enemigos sin los que no se consigue sobrevivir.

Vigela había aprendido la lección, por lo que puso todo su empeño en facilitarles la vida y la tarea a quienes veía como los únicos capaces de evitar la extinción de su comunidad.

Decretó –y sus órdenes no admitían discusión– que los *ghámanas* tan solo mantendrían relaciones sexuales con mujeres en edad de ser fecundadas y que nunca se les obligaría a superar las tres «prestaciones» diarias.

Por si ello no bastara, estipuló que las mujeres que se aparearan con uno de ellos no podrían aparearse con el otro con el fin de conocer la capacidad productiva de cada uno.

Ansoc y Mungo apenas tardaron cuatro días en comprender que se habían convertido en obligados sementales de un pequeño harén de criaturas hediondas, lo cual no resultaba en absoluto gratificante excepto por el hecho de que podían comer cuanto quisieran.

Pero comer hasta atiborrarse no compensaba.

Vivían como cerdos, fornicaban como perros y tan solo se entendían con sus captoras a base de gruñidos.

Mungo fue el primero en preguntar:

–¿Cuándo nos vamos?

–Cuando nos dejen.

–Nunca nos dejarán.

–Pues hazte a la idea porque fíjate en esos desgraciados; les han roto las piernas y apenas pueden caminar.

El aspecto de los *murkas* adultos bastaba y sobraba para hacer desistir al más valiente de cualquier tentativa de evasión, aunque al mismo tiempo bastaba y sobraba para hacer comprender al más cobarde que, o lo intentaba, o acabaría siendo un guiñapo.

Ciertamente aquella inmunda caverna se había convertido en un presidio, pero por si ello fuera poco, en un presidio en el que estaban condenados a «trabajos sexuales forzados».

Mungo era partidario de intentar la fuga de inmediato pero su primo opinaba que antes necesitaban estudiar con mucho cuidado la situación si no querían arriesgarse a regresar al día siguiente con los dedos de los pies machacados o las rodillas destrozadas.

–Tienen experiencia persiguiendo fugitivos, conocen bien el terreno y la mayoría están siempre cazando, pescando o recolectando, pero sobre todo, vigilando. Nos atraparían en dos días.

–Pero es que no las soporto.

–Pues tienes que soportarlas. ¡Míralas! Son más y más fuertes, aunque nosotros somos más listos.

–¿Y eso cómo lo sabes?

Aquella era una pregunta para la que Ansoc no encontraba respuestas, sobre todo teniendo en cuenta que la vieja Vigela parecía saber lo que pensaban incluso mientras se esforzaban a la hora de cumplir con su obligación de engendrar hijos.

Frustrado por no saber qué decir, se apartó unos metros y al cabo de un rato buscó un pedazo de rama calcinada y se desahogó delineando una cabeza de bisonte sobre una pared de roca.

Era la primera vez que pintaba desde que los habían capturado y le desconcertó advertir que de inmediato los niños se aproximaban lanzando exclamaciones como si estuvieran asistiendo a un milagro.

Señalaban lo que todavía era apenas era un esbozo sin cesar de repetir:

–¡Jar! ¡Jar! ¡Jar!

Aquella palabra, «Jar», fue una de las primeras que Ansoc y Mungo aprendieron del dialecto *murka*:

«Jar» quería decir bisonte.

Y al parecer los bisontes eran tan importantes para ellos como para los *ghámanas*.

Al poco acudieron varias mujeres, que también se quedaron boquiabiertas al advertir cómo en una pared de piedra iba naciendo un ser casi dotado de vida.

La capacidad de Ansoc de crear un animal de la nada dando al mismo tiempo la sensación de que se encontraba en movimiento iba mucho más allá de lo que la limitada mentalidad de los *murkas* alcanzaba a entender, por lo que no tardaron en dejar de mirar al muchacho como un simple semental pasando a convertirlo en una especie de aprendiz de brujo.

La hierática Vigela quedó de igual modo estupefacta, aunque siendo como era una mujer pragmática se limitó a señalar un ciervo del corral como retándolo a repetir la hazaña.

Pero eligió mal puesto que los ciervos habían sido desde siempre los modelos preferidos de Ansoc, razón por la que el que emergió ahora de su mano daba la sensación de haber quedado suspendido en el aire, captado en el momento de un prodigioso salto.

Ese día los *murkas* debieron experimentar algo semejante a lo que miles de años más tarde experimentarían los asistentes a la primera sesión cinematográfica, o lo que experimentarían todos cuantos de improviso descubrieron la existencia de mundos imaginarios de los que jamás habían tenido conocimiento.

Que del movimiento de unos dedos dependiera el que unas determinadas bestias parecieran estar corriendo o saltando iba mucho más allá de lo que cualquiera de cuantos lo observaban hubiera podido imaginar.

Algunos de los presentes, los más osados, se apresuraron a buscar un tizón y una pared de roca con la intención de repetir el milagro, pero visto lo que conseguían quedó constancia de la abismal diferencia que existía entre los *murkas* y los *ghámanas*.

Aunque eso no era cierto; lo único que dejaba en evidencia era la abismal diferencia que existía entre Ansoc y cualquier otro ser humano de su tiempo, bien fuera *murka*, *ghámana*, *wairino*, pigmeo o esquimal.

El tizón y la roca estaban allí, al alcance de todos, pero el talento tan solo se encontraba en un punto del cerebro que nunca nadie sería capaz de señalar.

Cuando a los pocos minutos un niño le tocó en el brazo y con un simple gesto le rogó que le ayudara a la hora de mejorar su tosco dibujo, Ansoc comprendió que estaba dando un primer paso hacia la libertad.

Si aquel infeliz de cuerpo contrahecho y ojos tristes mostraba interés por aprender y lograba enseñarle a hacer algo que ninguno de los suyos le había enseñado, muchos le seguirían, no solo por el hecho de que a la mayoría de los seres humanos les atrae la idea de conocer cosas nuevas, sino sobre todo por el íntimo placer que les produce advertir como sus esfuerzos se ven recompensados.

A ese respecto Ansoc podía ser considerado aprendiz y maestro al propio tiempo, puesto que nunca había permitido que transcurriera un solo día o un solo minuto sin esforzarse por mejorar su obra, y jamás dudaba a la hora de borrarla y empezar de nuevo si no se sentía satisfecho.

Su hermana le había reñido infinidad de veces por aquella casi enfermiza obsesión por conseguir la perfección incluso más allá de lo que podía considerarse perfecto, pero pese a sus muchas afinidades Lía no era Ansoc, ni mucho menos pintor.

Ni Lía, ni nadie que no hubiera nacido con el misterioso gen que los diferenciaba del resto de los de su especie, podía entender jamás lo que pasaba por su mente.

Y en aquellos momentos lo primero que pasó por su mente fue tomar la mano del pequeño y conducirla con suavidad de tal modo que una simple raya continuara su recto camino para girar luego a la izquierda siguiendo el contorno de la cabeza de un gavilán.

Otro ser vivo aparecía en escena.

Lo que pretendía ser un mamífero se transformó en un ave.

El contrahecho niño de ojos tristes sonrió, y probablemente fue la primera vez que sonreía en su vida.

Y también debió ser la primera vez que su madre le vio sonreír.

En esos momentos comenzó a llover, el agua se deslizó por la pared y el dibujo se emborronó hasta desaparecer.

Todos corrieron a la caverna pero los *ghámanas* se quedaron donde estaban permitiendo que el agua los librara de tanta mugre y tanto hedor.

Los cielos se abrieron dejando caer un contenido acumulado durante meses de sequía y aquel agua en aquel momento y aquellas circunstancias hizo creer a los *murkas* que sus cautivos eran seres elegidos por los dioses.

Y si unos seres elegidos por los dioses consideraban que era bueno quedarse bajo la lluvia, debieron suponer que sería bueno imitarlos, por lo que salieron a empaparse y dejaron de apestar a perro muerto.

CAPÍTULO X
LA NIÑA ERA PRECIOSA

—Es el momento de marcharse.

–No.

–Pero es que has conseguido asombrarlas.

–Más de la mitad estaban fuera; no han visto lo que ha ocurrido, y por mucho que las otras intenten explicárselo no lo entenderían.

–Vuelve a pintar.

–Es lo que pienso hacer, pero tiene que ser aún más llamativo y necesito colores.

Mungo no pudo disimular su desconcierto.

–¿Colores? –repitió.

–Eso he dicho, colores. Si se han embobado con sencillos bocetos a carbón imagínate qué ocurrirá cuando vean bisontes rojos y pájaros con plumas amarillas.

–¿Y cómo piensas conseguir esos colores?

–Con flores, con plantas, con tierra, con grasa, con sangre e incluso con mierda.

–¿Con mierda...?

–El pelaje de la mayoría de los osos es de color mierda.

–Nunca lo había pensado.

–Porque no te fijas. De ahora en adelante yo me ocuparé de los dibujos y tú de proporcionarme colores.

–Pues procura pintar osos porque aquí ese color no cuesta mucho encontrarlo.

El día en que Mungo decidió despojar a los moluscos de sus conchas con el fin de facilitar su transporte demostró ser un hombre práctico, y en esta ocasión –en la que estaba en juego su libertad, e incluso tal vez su vida– puso de manifiesto que seguía siéndolo.

A base de experimentar cientos de veces con una paciencia impropia de su carácter pero que respondía a las continuas exigencias de su primo, fue descubriendo que el óxido de cobre mezclado con grasa de cerdo le servía para conseguir un rojo estable, que con hidróxido de hierro obtenía un buen amarillo, y que con caolinita un blanco casi deslumbrante.

Ni siquiera comprendía a qué se debían los buenos o malos resultados que obtenía de tanta mezcolanza, pero una vez más se demostró que la necesidad agudiza el ingenio y el hecho de carecer del talento de Ansoc lo compensó con una inquebrantable voluntad.

El resultado de semejante unión fue excelente pese a que los *murkas* nunca apreciaran en aquellas pinturas ningún significado de tipo mítico o religioso, limitándose a disfrutar de ellas o imitarlas.

Intentaban aprender; su éxito solía ser casi nulo, pero el fracaso no las frustraba sino que por el contrario servía para aumentar la admiración que sentían por quienes estaban aportando a sus vidas, no solo distracción, sino una forma diferente de ver el mundo.

Y además les estaban aportando savia nueva.

Cinco mujeres estaban embarazadas.

–Esas tres son de mi grupo, o sea, que te llevo ventaja.

–No me importa... –admitió Ansoc y era sincero–. Prefiero no tener que preocuparme sobre cuál será el futuro de mis hijos porque me temo que en cuanto nos hayamos ido los *murkas* volverán a ser como antes.

–Algo habrán aprendido.

–Sobre pintura, no.

–Pero sí sobre lavarse. Y aunque no sepan pintar les encanta embadurnarse las manos y dejar las marcas en las paredes. Cada niño sabe cuál es su mano y cada uno tiene su color preferido.

–No creo que eso les haga más listos.

–Ni tampoco más brutos. Antes no hacían nada.

–En eso tienes razón; cuando llegamos este lugar era una pocilga, ahora apenas hiede y tiene partes bonitas. Algo hemos conseguido.

Al pronunciar aquella frase Ansoc no sabía que había dicho algo que tenía mucha relación con el principio básico de la evolución de los seres humanos: siempre era el contacto entre diferentes comunidades lo que permitía que dichas comunidades avanzaran.

No se tiene constancia de ningún grupo étnico que haya sido capaz de desarrollarse simultáneamente en muy diferentes facetas, puesto que unos consiguieron destacar en agricultura, otros en ganadería, otros en arquitectura y otros en pintura, pero ninguno en todas a la vez.

Fue el intercambio de sus habilidades lo que propició la mejora de la especie, al igual que la mejoraba el intercambio de genes, y en ese aspecto el duro trabajo fue bien recompensado ya que durante los tres meses que siguieron los *ghámanas* fecundaron a otras cuatro jóvenes *murkas* al tiempo que les enseñaban a ser mas aseadas, más amables y menos conflictivas.

Durante ese mismo periodo de tiempo los *murkas* enseñaron a los *ghámanas* a domesticar animales, obtener del inmenso bosque el mayor provecho con el menor esfuerzo, ser compasivos con cuantos habían tenido la desgracia de nacer deformes, y condimentar los alimentos de cien formas distintas.

Pese a su innegable retraso en otras incontables facetas de la vida, los *murkas* debieron ser los primeros seres humanos que transformaron la perentoria necesidad de llenar la tripa en el reposado placer de comer por el placer de comer.

Al caer la tarde encendían una gran hoguera e iniciaban la delicada ceremonia de elegir entre la infinidad de productos de que disponían, combinándolos de tal forma que cabría imaginar que lo que pretendían no era matar el hambre sino despertar el apetito.

Ansoc y Mungo, que nunca habían dudado un segundo a la hora de engullir sin el menor escrúpulo grasa de ballena aún palpitante, lapas, ostras y mejillones entremezclados o tuétano de jabalí crudo, no tardaron en adaptar su paladar a las exquisiteces que salían de las manos de quienes no parecían realizar el menor esfuerzo a la hora de convertir el hígado de un pato en un manjar.

Las *murkas* machacaban hojas, frutos y raíces, les añadían unas gotas del aceite, aguardaban a que las brasas estuvieran a la temperatura exacta, y solo entonces colocaban sobre piedras ardientes costillas de conejo, riñones de cordero o carne de ciervo de tal modo que una parte se encontrara casi cruda y la otra deliciosamente crujiente.

Cosa de magia.

–Me gustaría ver la cara de mi padre al probar esto.

–Tu padre no les hubiera dado tiempo a prepararlo. Se comía un cochinillo de tres mordiscos.

–¿Cómo es que siendo tan brutos cocinan tan bien?

–Porque les sobra tiempo –Mungo hizo una pequeña pausa antes de añadir–: Y porque no hace frío.

–Debe ser eso.

El buen clima y el hecho de no sentir la perentoria necesidad de reponer energías invitaban a utilizar mejor cuanto les proporcionaba una naturaleza harto generosa.

A lo largo de casi dos años los primos crecieron, engordaron y se convirtieron en padres de cuatro hijos mientras otros tres venían en camino.

Uno murió a los pocos días de nacer y otro presentaba ligeras malformaciones, pero los restantes resultaron perfectos.

Una de las niñas era preciosa, la criatura más bonita, sana y risueña que había nacido entre los *murkas* desde hacía diez generaciones.

La envolvieron en una piel de bisonte y su madre le dio el pecho sintiéndose la mujer más feliz del mundo.

Por su parte Vigela se comportaba como lo que era: una matriarca orgullosa de haber devuelto la esperanza a los suyos.

Una noche, mientras le hablaba al grupo alentándolo a continuar por el mismo camino y confiar en que siguieran llegando niños sanos y fuertes, abrió los brazos y en ese momento la luz de la hoguera proyectó su silueta contra la pared.

Ansoc le pidió que no se moviera y sin más ayuda que un pedazo de carbón delineó el contorno de tal modo que quedó impreso sobre la roca con el aspecto de una madre de más de dos metros de altura que estuviera abrazando a su familia.

A partir de esa noche las *murkas* reverenciaron aquella imagen, no como a un ídolo relacionado con el más allá, sino como la exacta representación del momento en que comenzó su regeneración como raza.

Y es que el preciado semen que fecundaba sus entrañas no había caído de los cielos sino que había surgido de unos hombres venidos de muy lejos y cuyo recuerdo quedaría grabado en la memoria colectiva hasta el fin de los tiempos.

Consideraron que era justo permitirles continuar su camino.

CAPÍTULO XI
EL HAMBRE POR EL HAMBRE

El bosque les continuaba proporcionando cuanto necesitaban, ahora más que nunca gracias a que las *murkas* les habían enseñado mil formas de aprovechar sus frutos, encontrar madrigueras bien camufladas, diferenciar entre setas comestibles o venenosas, y desenterrar enormes trufas ocultas entre las raíces de encinas, robles y castaños.

A Mungo le encantaban las trufas y podría considerársele un aventajado discípulo de las habilidades culinarias de la vieja Vigela.

Su especialidad eran los huevos de codorniz revueltos con arándanos, aderezados con orégano y cubiertos de finas láminas de trufa.

De haber nacido milenios más tarde tal vez se hubiera convertido en un afamado cocinero ya que habría dispuesto de una gran cantidad de productos de los que aquellos momentos carecía.

Arroz, maíz, patatas, tomates, zanahorias, calabazas, ajos, cebollas, cacao, nueces, almendras, avellanas e infinidad de elementos casi esenciales en la cocina actual, no habían llegado aún a la península ibérica y por lo tanto Mungo tenía que conformarse con lo que tenía a mano.

Una noche, mientras reparaba con especial cuidado unas perdices asadas a fuego lento, comentó en un tono de sincera nostalgia:

–Voy a echar de menos a los niños.

–También yo. Sobre todo a Yaíz.

–Es que te salió perfecta. Mejor que el mejor bisonte que hayas pintado nunca.

–Dos de tus chicos también son muy guapos. Si algún día tienen hijos con Yaíz seremos parientes.

–Ya somos primos.

–Pero supongo que esto de ser abuelos de la misma criatura sería más directo... ¿O no?

No era cuestión de ponerse a elucubrar sobre grados de parentesco dado que habían nacido y se habían criado en una cueva en la que todos provenían de un mismo tronco, y lo que en verdad importaba en aquellos momentos era decidir cuál debía ser el rumbo a seguir para regresar a dicha cueva.

Volverían derrotados aunque con muchas cosas que contar.

–Nos van a caer encima a palos.

–¿Por qué? Si no había bisontes cerca, no había bisontes cerca. ¿Qué otra cosa podíamos hacer?

–Volver en cuanto lo supimos... –Mungo hizo una corta pausa antes de añadir en tono quejumbroso–. Nos creímos muy listos cuando decidimos continuar sin acatar las normas y ya ves como hemos acabado.

Ansoc se vio obligado a admitir que tenía razón ya que se habían dejado seducir por el buen clima y las facilidades que les proporcionaba un bosque en el que no tenían que obedecer a sus padres, sus tíos o sus abuelos.

Nadie les obligaba a bajar a la costa con el fin de regresar acarreando pescado y mariscos.

Nadie les ordenaba cortar leña ni los vigilaba mientras se machacaban los dedos partiendo piedras.

Elegir la libertad costaba caro y de momento tan solo habían pagado parte de esa factura.

El resto –y los intereses– los esperaban al volver.

¿Pero cómo volver?

Las leyes de los *ghámanas*, transmitidas de generación en generación, determinaban que los hijos varones siempre pertenecían al clan en el que habían nacido, y por lo tanto, una vez recuperado el sentido común, Ansoc y Mungo no podían hacer otra cosa que emprender el camino de regreso.

Al comenzar su viaje la excesiva juventud y la euforia de la apetecida libertad les habían llevado a olvidar cuanto les enseñaron, pero tras un largo período de cautiverio y reflexión se veían obligados a reconocer que lejos de su núcleo familiar no eran más que dos estúpidos expuestos a toda clase de peligros.

Pero encontrar el camino de regreso no era empresa fácil.

Hasta el día en que las *murkas* los capturaron tenían una ligera idea de qué rumbo tenían que seguir, pero las endiabladas mujeres los habían conducido a través de tantos bosques, ríos y barrancos que en aquellos momentos no disponían de un solo dato que les sirviera de punto de referencia.

En ocasiones distinguían a lo lejos cumbres contra las que chocaban las nubes, pero no se les antojaba que fueran montañas tan altas como las que habían atravesado tiempo atrás, sino únicamente, cerros sin rastro de nieve.

–No me gusta estar perdido.

Ansoc le dirigió una larga mirada de reproche.

–Si no tienes nada mejor que decir, mejor te callas. A nadie le gusta estar perdido.

–Las *murkas* aseguran que este bosque está lleno de terroríficos hombres crueles.

–Pues para que ellas los consideren terroríficos y crueles deben ser la leche.

–¿Tienes miedo?

Aquella era una pregunta que no necesitaba respuesta.

El miedo a lo desconocido siempre ha estado presente en todo ser vivo por muy poco racional que sea, y como Ansoc y Mungo podrían estar catalogados entre los seres más racionales de su tiempo, su miedo era lógicamente aún mayor.

–Hay noches en las que me gustaría no despertarme.

–Ni a mí.

–Y que me gustaría ver a Yaíz.

–Y a mí a mis hijos.

–¿Y si volviéramos?

–¿Con las *murkas*?

–¿Por qué no?

Era una opción; sin duda la mejor que podían elegir en aquellos momentos pese a que significara renunciar a volver con los suyos.

Desde que tenían uso de razón les habían inculcado que su principal obligación se circunscribía a proteger y fortalecer el clan de los *ghámanas* y por lo tanto los hijos que habían tenido con mujeres *murkas* no debían ser tenidos en cuenta.

Volver con los *murkas* constituía en efecto una opción, pero exigía no solo renunciar a los *ghámanas* sino, sobre todo, y eso era lo peor, tener que aparearse con sus mujeres.

–Yo siempre soñé con tener hijos con una *wairina*. Son amables, limpias y cariñosas.

–Y yo siempre soñé con tener hijos con Lía.

–No puedes tener hijos con Lía. Sois primos y está prohibido.

–Lo sé, pero nadie puede prohibirme que sueñe. Lía es muy guapa, muy dulce y muy lista.

–Demasiado lista para ti. Y ya debe tener marido.

–¿Ha tenido hijos?

–¿Y cómo quieres que lo sepa si ni siquiera sé si está viva y podrá regresar dentro de cinco años?

–Regresará.

–¿Cómo puedes saberlo?

–Porque os he visto juntos desde que gateábamos. Se siente más tu madre que tu propia madre y ni siquiera sus propios hijos lo serán tanto puesto que serán medio *wairinos*.

–Aunque sean medio *wairinos* serán sus hijos. Y mejor dejamos el tema.

Lo dijo convencido porque resultaba amargo y descorazonador no saber si la persona con la que había compartido la mayor parte de su infancia seguía con vida o tenía hijos, pero así estaban las cosas y no era cuestión de darle vueltas.

El mundo era como era, no como Ansoc y Mungo hubieran deseado que fuera, y les gustara o no había llegado el momento de tomar una decisión:

–O seguimos o nos volvemos, pero lo que no podemos hacer es pasarnos el resto de la vida parloteando.

–Seguimos.

Reiniciaron la marcha y a los ocho o diez días el tupido bosque comenzó a dejar paso a una extensa pradera de gramíneas en la que se entremezclaban trigo salvaje, avena y cebada.

Proliferaban los conejos, los ciervos, los jabalíes y las liebres, casi a cada paso alzaban el vuelo bandadas de perdices y tras media jornada de marcha distinguieron algo extraño, aunque no fueron capaces de determinar si se trataba de grandes piedras o grandes árboles.

Continuaron avanzando cada vez más confusos, y en el momento en que llegaban a la conclusión de que se trataba de puntiagudas rocas que formaban un círculo, cuatro individuos que sin duda habían estado espiándolos entre la maleza surgieron como nacidos de la nada y los amenazaron con largas y afiladas lanzas.

Eran increíblemente delgados, llevaban la cabeza rapada y su agresiva actitud resultaba inquietante, aunque no al punto de se les pudiera considerar los «terroríficos hombres crueles» a los que habían hecho referencia las *murkas*.

Cualquier mujer *murka* imponía más miedo.

Tanto Ansoc como Mungo –pero sobre todo Mungo– casi les doblaban en peso y envergadura, pero como no era cuestión de plantar cara a un enemigo cuyo poder desconocían, se limitaron a dejar caer los brazos soltando las armas.

El simple hecho de deponerlas cambió como por ensalmo la actitud de los escuálidos guerreros, que se apresuraron a echarse las lanzas al hombro e indicarles con expresivos gestos que los acompañaran.

Hablaban mucho.

Y muy rápido.

Pero no se les entendía ni una sola palabra.

Se encaminaron directamente hacia las rocas y a medida que se iban aproximando bajaban el tono de voz, y en el momento en que penetraron en el círculo se quedaron en absoluto silencio.

Lo que aparentaba ser un santuario de un diámetro de poco más de treinta pasos rodeaba un pequeño cráter en cuyo centro se distinguía, con la mitad bajo tierra y la otra mitad a la vista, una piedra de un negro brillante del tamaño de un ternero.

Los nativos se postraron hasta tocar el suelo con la frente y de inmediato comenzaron a recitar una monótona letanía al tiempo que les indicaban que debían imitarlos.

No era cuestión de llevarles la contraria porque tanto Mungo como Ansoc ya habían visto piedras parecidas, aunque no de semejante tamaño, y era cosa sabida entre los *ghámanas* que cuando las estrellas discutían se lanzaban bolas de fuego, con tan mala puntería que con frecuencia acababan cayendo en la tierra.

Que provenían del cielo era innegable, pero a ningún *ghámana* se le habría ocurrido nunca postrarse ante ellas.

Al poco acudieron un par de docenas de hombres, mujeres, ancianos y niños, todos igualmente escuálidos, apenas piel y huesos, lo cual resultaba sorprendente vista la cantidad de animales que tenían al alcance de la mano.

A Ansoc le recordaron a su tío Bacar, que siempre tenía hambre pero nunca engordaba.

El chamán lo achacaba a que tenía en las tripas un larguísimo gusano que lo devoraba todo y cuyos repelentes anillos aparecían de tanto en tanto en sus excrementos.

Cómo había llegado aquel insaciable bicho a su estómago era un misterio, pero al recordarlo Ansoc no pudo por menos que pensar que la totalidad de aquellas curiosas gentes debían tener dentro el mismo gusano tragón y maligno.

Tras un largo rato de repetir una y otra vez las genuflexiones y las plegarias, la tribu los condujo entre bailes y cánticos hasta una minúscula aldea de chozas con techos de palma donde les ofrecieron de comer.

Pero lo que les ofrecieron no era comida.

Al menos la comida a la que los *ghâmanas* estaban acostumbrados, y nada que ver con las delicias gastronómicas que preparaban las *murkas*.

Ni rastro de los incontables conejos, liebres, venados o perdices que pululaban por los alrededores; tan solo frutas y verduras –en su mayoría crudas– y una espesa pasta harinosa que depositaban ceremoniosamente sobre piedras calientes, y que en cuanto se solidificaba volteaban con la intención de que se tostara por ambos lados hasta casi chamuscarse.

Se quemaban al cogerla y la paladeaban como si se tratara del alimento predilecto de los dioses.

Pero lo cierto es que no sabía a nada.

Aquella especie de enorme galleta quebradiza era lo más insípido que Ansoc hubiera probado en su vida, pero en un espectacular despliegue de hipocresía se limitó a hacer girar la cabeza y alzar los ojos al cielo como si estuviera regodeándose con las excelencias de un delicioso manjar del que jamás había disfrutado con anterioridad.

Mientras lo hacía llegaba a una lógica conclusión: no es que aquellos pobres esqueletos vivientes tuvieran la solitaria es que nadie les había enseñado a comer decentemente.

Mungo pareció adivinarle el pensamiento puesto que al tiempo que asentía sonriendo con casi tanta hipocresía como acaba de hacerlo su primo comentó:

–Estos tipos están locos. ¿A quién se le ocurre tragarse esta basura habiendo tantos jabalíes, conejos y perdices?

–Los dejarán para la cena.

–Pues confío en que cenen pronto.

Pero no hubo cena.

A la caída de la tarde los ascéticos, y podría asegurarse que fanáticos lugareños, los condujeron de nuevo hasta el cráter para postrarse una vez más a salmodiar cánticos con irritante monotonía hasta que el disco del sol desapareció en el horizonte, momento en que regresaron con las últimas luces, se encerraron en sus casas, y al poco sobre la aldea reinó la más absoluta oscuridad en el más absoluto silencio.

Los *ghámanas* se encontraban casi tan confusos como el día en que las *murkas* los violaron por primera vez.

Pero mucho más hambrientos.

La mayor parte de los miembros de tan absurda comunidad debían ser pacíficos y no parecían abrigar malas intenciones, pero los primos no querían hacerse una idea de lo que podía pasar por las calenturientas mentes de quienes parecían recién salidos de una tumba y listos para volver a ella pero permitían que un conejo les comiera en la mano sin retorcerle el pescuezo, clavarlo en una estaca y chamuscarlo sobre una hoguera.

–¿Por qué se comportan así?

–Debe ser por sus creencias; si adoran a un pedrusco es posible que ese pedrusco les haya ordenado que no se coman a los animales.

–Pero los pedruscos no hablan.

–Supongo que no se trata de que un pedrusco hable o no hable; se trata de que alguien asegure que el pedrusco le ha hablado y los demás le crean.

–¿Como hace el chamán cuando asegura que los dioses le han ordenado sacrificar un cordero?

–Supongo.

–Pero hay una gran diferencia; el chamán celebra el sacrificio y luego nos comemos al cordero.

–Quizás en eso estribe la cuestión; están más secos que un sarmiento aunque me he dado cuenta de que hay más niños que entre nosotros.

Mungo tardó en responder debido a que aquel era un detalle en el que no había reparado.

–Debe ser porque no viven en cuevas –admitió al fin–. Tuve un hermano que comía mucho pero no paraba de toser por culpa del humo. Murió poco antes de que lo sacaran a ver la luz.

–Yo tuve otro al que le ocurrió algo parecido por lo que sería cuestión de decidir si es preferible vivir con hambre o morir satisfecho.

Ambos, que durante los inviernos habían sufrido períodos de terribles penurias, y no por convicción sino por obligación, llegaron de común acuerdo a la conclusión de que no era cuestión de acostumbrarse a no comer por el mero hecho de que una piedra –por muy caída del cielo que fuera– así lo decidiera.

–Al primer conejo que aparezca me lo zampo.

–Pues ten cuidado porque si se ofenden son capaces de matarnos a pedradas.

Aquella era una advertencia digna de ser tenida en cuenta y no valía la pena arriesgarse a ser lapidados por culpa de un conejo.

Tenían que acostumbrare a ser frugales, lo cual resultaba harto difícil rodeados de tanta abundancia.

Por si ello no bastara pronto advirtieron que en cuanto se abalanzaban sobre las cestas de frutas y verduras o sobre las insípidas galletas devorándolas con la increíble velocidad propia del hambre, las mujeres les lanzaban largas miradas de reproche, pues una cosa era que sus hijos comieran poco y otra muy distinta que aquel par de tragaldabas les dejaran sin nada.

La situación empeoraba día tras día hasta que llegó un momento en que Ansoc no pudo por menos que señalar:

–O nos vamos, o nos echan.

–Mejor nos vamos.

Aprovecharon la primera noche de luna creciente, lo que les permitía escabullirse sin correr el riesgo de golpearse contra una rama o caer a una zanja, se alejaron lo más posible y al amanecer atraparon un conejo, lo devoraron crudo con tal de no encender una hoguera cuyo humo delatara su presencia, y continuaron su marcha hasta que oscureció de nuevo.

Suponían que los flacos agradecerían el detalle de hacer renunciado a su hospitalidad evitándoles el peligro de quedarse sin nada que llevarse a la boca, pero como nunca se podía estar seguro de cuál sería la reacción de quienes pasaban hambre por el simple placer de pasar hambre y además adoraban pedruscos, resultaba prudente poner tierra por medio.

Nunca supieron que la noche de su huida docenas de ojos les espiaban debido a que llevaban días suplicando a su impasible y rocoso dios que se marcharan.

CAPÍTULO XII
EL BOSQUE EN LLAMAS

«E*l país de los ghámanas*» tenía montañas a un lado, el mar a otro, los *wairinos* ocultos entre inaccesibles picachos hacia poniente y pequeños grupos humanos casi desconocidos hacia levante.

Pero desde que se habían escabullido con tan poca delicadeza de quienes se habían propuesto convertirlos en esqueletos vivientes a base de matarlos de hambre no habían vuelto a distinguir a un solo ser humano.

Ni esquelético ni normal.

Durante casi tres semanas se sucedieron bosques, valles, llanuras, ríos, cascadas, barrancos, riscos e incluso picachos en los que pululaban los rebecos y anidaban las águilas, pero la frondosidad del bosque les impedía captar su grandeza.

Se sentaban a descansar incluso cuando no se encontraran cansados, casi siempre con la intención de convencerse de que no habían errado el rumbo de regreso a casa, en cuyo caso tal vez se encaminarían a uno de aquellos desiertos en los que, según contaba el padre de padre del padre del anciano que había muerto de un atracón de lapas, todo era desolación y los hombres y las bestias habían desaparecido por culpa del calor y la sed.

–Pero esto no es un desierto –alegó Ansoc en uno de esos descansos indicando con un amplio gesto la gran cantidad de animales que pululaban a su alrededor.

–Si no hay gentes, es como si fuera un desierto –fue la convencida respuesta de su primo–. Podemos pasarnos años sin ver más que nuestras caras. A veces me dan ganas de aplastártela.

–Pues te quedarías aún más solo.

–Por eso no lo hago. –Buscó a su alrededor, encontró una laja de piedra, la limpió bien y se la alargó.

–Pinta una mujer –pidió.

Ansoc le observó desconcertado antes de decidirse a responder:

–Nunca he pintado mujeres.

–Pues debería resultarte más sencillo que pintar cabras o caballos. Has visto más mujeres que cabras o caballos.

–¿Qué clase de mujeres te gustan?

–Cualquiera que no parezca una *murka*.

–¿Gorda o flaca?

–Más bien rellenita; con buen culo y buenas tetas.

Ansoc buscó el tizón más afilado de su alforja, se mordió la lengua, hizo memoria, aguzó la vista y se esforzó intentando reproducir la silueta de su tía Suc, que estaba considerada la mujer más hermosa de la familia.

Mungo observó con atención el resultado de su esfuerzo para acabar comentando con desmoralizadora sinceridad:

–Parece un macaco embarazado.

–Es que no sé pintar personas.

–¿Y eso por qué?

–No lo sé.

No era una respuesta en absoluto válida, pero se ajustaba a la realidad debido a que, por alguna oscura razón, alguien capaz de reproducir con admirable fidelidad un animal, un árbol o incluso una flor, perdía toda su habilidad en el momento de representar a un ser humano, y la única vez que lo hizo con mediano éxito fue cuando reprodujo la escena del infeliz pelirrojo que se perdía de vista en el océano flotando sobre una balsa.

Algunas noches aún soñaba con aquella escena y recordaba las lágrimas de su hermana al ver como el pobre hombre se alejaba rumbo a la muerte, así como la indignación de su padre cuando se lo contaron.

¿Cómo reaccionaría su padre cuando le dijera que en el mundo no solo existían navegantes pelirrojos sino incluso hediondas mujeres que violaban a hombres y escuálidos fanáticos que se negaban a comer carne?

Lo volvería a moler a palos, de eso estaba seguro.

De lo que no estaba seguro era de poder contárselo algún día ya que ahora sabía que el mundo estaba resultando mucho más extenso de lo que había imaginado.

Cada amanecer le asaltaba la sensación de que ese mundo se iba alargando al igual que lo hacían las pieles que las mujeres raspaban y engrasaban con el fin de proporcionarles flexibilidad y confeccionar polainas que se ajustaban a las pantorrillas manteniendo las piernas protegidas de los insectos y las zarzas.

Siempre ha existido una abismal diferencia entre la esperanza del explorador y la desesperanza de quien regresa de una exploración, y en este caso Mungo y Ansoc lo estaban viviendo en carne propia puesto que una cosa era avanzar hacia lo desconocido y otra muy distinta hacerlo desde lo desconocido hacia un lugar aún más desconocido.

Transcurrió otra semana antes de que en el horizonte hiciera su aparición una columna de humo, lo que propició que les asaltara una sensación de alivio y al propio tiempo angustia.

Alivio debido a que un humo que permanecía fijo les estaba indicando que seres humanos habían encendido un fuego que sabían mantener controlado.

Y angustia puesto que hasta el presente sus relaciones con otros seres humanos no habían sido gratificantes, y aún tenían muy presentes las advertencias de las *murkas* sobre la existencia de terroríficos hombres crueles.

–¿Qué hacemos? –fue la inevitable pregunta de quien dejaba siempre a su primo la responsabilidad de tomar decisiones.

–¿Y qué diablos quieres que hagamos? Intentar verlos antes de que nos vean y averiguar qué aspecto tienen.

Avanzaron muy despacio debido a que el miedo tiene la virtud de acelerar o ralentizar las acciones según el carácter de quien lo experimenta, y aunque por su juventud hubiera parecido lógico que tanto Mungo como Ansoc fueran propicios a precipitarse, estaban ya lo suficientemente escarmenados como para preferir tomarse las cosas con calma.

Tardaron casi dos horas en encontrar huellas humanas y les sorprendió advertir que sus dueños no se protegían los pies ni tan siquiera con las burdas sandalias de piel de cabra que solían utilizar las *murkas*.

También les sorprendió que por lo general existiera una gran distancia entre cada huella, lo que obligaba a pensar que o tenían las piernas muy largas o corrían como liebres.

De igual modo encontraron rastros de sangre en puntos en los que sus huellas coincidían con la de un ciervo o un jabalí, lo cual venía a significar que eran expertos cazadores y nada tenían que ver con los descerebrados adoradores de meteoritos.

–Estos deben ser de los que se comen todo lo que trincan.

–Mientras no nos coman a nosotros.

–Mi padre decía que había conocido a un hombre que había conocido a otro que se había comido a otro. Por lo visto había sido un invierno muy duro.

–Por lo menos no estamos en invierno.

Por toda respuesta Ansoc tomó asiento en un tronco caído y comenzó a descalzarse.

–¿A qué viene eso? –quiso saber Mungo.

–A que por muy pataslargas que parezcan no creo que sean capaces de diferenciar entre sus huellas y las nuestras. Pero si ven huellas de calzado sabrán que somos intrusos.

–¿Dónde aprendiste esas cosas?

–Estas cosas no se aprenden; se deducen.

«Deducir» no era un término que formara parte del vocabulario de Mungo, por lo que se limitó a descalzarse, mover varias veces los dedos de los pies, con los que tenía la habilidad de coger cosas casi como si estuviera utilizando las manos, y acabó por comparar sus huellas con las más cercanas.

–Estos tipos deben ser enormes... –comentó.

–Pero tendrán hijos pequeños que dejarán huellas pequeñas, o sea que no te preocupes. Lo importante es encontrarlos antes de que nos encuentren.

Avanzar por un bosque tan tupido era como jugar al lobo y al cordero, con la amarga certeza de saber que les había tocado el papel de cordero puesto que habían nacido y crecido en una época en la que la distancia entre cazar o ser cazado llegaba a ser tan minúscula que cada sombra, cada rumor e incluso cada olor cobraba especial relevancia.

A lo largo de miles de años millones de seres humanos se han visto en la tesitura de tener que avanzar por entre árboles idénticos pisando hojas crujientes e idéntica sensación de terror ante lo desconocido.

Así ha sido desde que el primer homínido decidió abandonar las selvas africanas y así seguirá siendo hasta el fin de los siglos, y por lo tanto en aquellos momentos a los atemorizados *ghámanas* el trinar de un pájaro les sonaba como un histérico graznido, el chillido de un mono como un toque de atención y la caída de una piña como un trueno.

Se movían paso a paso y con absoluto sigilo, tal como les habían enseñado a hacerlo casi desde que dejaron de gatear, con el oído atento, los ojos bien abiertos y olisqueando el aire, pero de improviso un muchacho muy alto y muy ágil saltó desde la gruesa rama en la que había permanecido agazapado y se abalanzó sobre ellos armado con un hacha de piedra y una maza.

Lo recibieron de rodillas y con el extremo de las lanzas clavadas en el suelo, que era la mejor forma de resistir los imprevistos ataques de los osos, por lo que lo ensartaron al unísono.

El agresor giró en redondo, lanzó un alarido y acabó boqueando sin apenas tiempo para comprender que estaba muerto y con las afiladas puntas de las dos lanzas sobresaliéndole por la espalda.

–Ahora sí que estamos jodidos.

–Más jodidos estaríamos si nos hubiera abierto la cabeza.

Aquella era una verdad incuestionable, pero de igual modo resultaba incuestionable que se encontraban allí, junto al cadáver de un impulsivo jovenzuelo que había demostrado ser bastante estúpido.

–¿A quién se le ocurre atacarnos sabiendo que tenemos lanzas?

–A un cretino.

–Pues le ha costado la vida y eso nos puede costar la nuestra.

Recuperaron sus armas y se acuclillaron a meditar sobre las represalias que tomarían los parientes de su descerebrado atacante mientras observaban como el cadáver se iba cubriendo de moscas, lo cual quería decir que muy pronto los buitres comenzarían a trazar círculos sobre sus cabezas.

Ansoc siempre había mantenido la certeza de que los buitres no olían la muerte; la «presentían» y por ello eran capaces de acudir con tanta presteza.

Pero incluso antes que los buitres, llegó una voz humana que sonaba a perentoria llamada, sin duda destinada a localizar al difunto.

–Tenemos que enterrarlo.

–Si nos sorprenden mientras cavamos una tumba será la muestra.

–Pues en ese caso creo que tan solo nos queda un camino.

–No me gusta.

–Ni a mí, pero es eso, o acabar tan cubiertos de moscas como este.

Una vez tomada la difícil decisión –quizás la única que ofrecía una oportunidad de salvación– cubrieron el cuerpo de ramas, a las que prendieron fuego y echaron a correr en la misma dirección en que soplaba el viento.

Sabían muy bien que en cuanto el fuego llegara a las copas de los árboles se iniciaría un imparable incendio, y que empujadas por ese viento las llamas avanzarían tras ellos.

Pero confiaban en haber conseguido suficiente ventaja, y es que también sabían que en cuanto los parientes del difunto descubrieran que el bosque estaba ardiendo iniciarían una precipitada huida en dirección contraria con el fin de ponerse a salvo.

Cuando el incendio se hubiera extinguido, y podían transcurrir horas, días o semanas antes de que eso ocurriera, tal vez encontrarían los calcinados restos de un inexperto muchacho que no había tenido tiempo de ponerse a salvo.

Ni siquiera quedarían huellas del paso de unos intrusos, por lo que la catástrofe podría achacarse a una de las tantas catástrofes con las que la todopoderosa naturaleza se entretenía en fustigar a sus humildes siervos.

CAPÍTULO XIII
NOCHE DE FIESTA

Corrieron como liebres, y en esta ocasión lo hicieron acompañados de liebres, conejos, venados, serpientes, macacos, jabalíes y todo bicho viviente.

El fuego tuvo la virtud de ponerles alas en los pies por lo que consiguieron alcanzar las márgenes de un ancho río aunque no se sintieron seguros hasta haberlo cruzado.

Se tumbaron a descansar, agotados, asustados y agobiados por una desagradable sensación de culpabilidad.

Estaban seguros de que cientos –tal vez miles– de animales habían muerto en el incendio y otros muchos se habían ahogado debido a que las aguas bajaban muy revueltas.

Los pocos que habían logrado sobrevivir permanecían ahora desplomados a lo largo de la orilla mientras una nube de humo ocultaba el sol sobre sus cabezas.

El panorama no podía ser más desolador, ni sobre todo más acusador.

El viento traía olor a carne quemada y allí estaban ellos, a salvo, escuchando los alaridos de quienes se abrasaban en la margen opuesta, o de cuantos se ahogaban en mitad de la corriente.

Experimentaron unos casi irrefrenables deseos de echarse a llorar, pero no lo hicieron porque se suponía que ya eran hombres, ya eran padres, ya habían sufrido innumerables penalidades y lo único que habían hecho era intentar salvarse.

Pero lo que en principio les había parecido una brillante idea había acabado por convertirse en un apocalipsis.

Una gigantesca extensión de bosque y una incalculable cantidad de huevos, crías o animales demasiado lentos se había convertido en cenizas.

Tanto Mungo como su primo experimentaban un sincero dolor, que no debía atribuirse a que se les pudiera considerar amantes de la naturaleza, sino al hecho de que dependían de esa misma naturaleza y sabían que en cuestión de minutos habían destruido lo que hubieran consumido los *ghámanas*, los *wairinos* y los *murkas* en veinte años.

Ciervos, gamos, caballos, jabalíes, cerdos, tortugas y bisontes que habrían traído al mundo nuevas generaciones de ciervos, gamos, caballos, jabalíes, cerdos, tortugas y bisontes, no servían ahora de alimento más que a unos hastiados buitres que hubiesen preferido que su carne estuviera más jugosa y menos carbonizada.

–Ha sido un error.

–Más vale un error que te salva la vida que un acierto que te la quita... –Mungo abrió las manos como si con ello todo quedara aclarado al añadir–: Me duele que hayamos matado a tanto bicho, pero no es nuestro bosque.

En efecto no era su bosque; era el bosque de un cretino pataslargas armado de un hacha y una maza que los había tomado por idiotas.

Pero seguía siendo un bosque.

Y un bosque precioso que parecía terminar a orillas del mayor y más hermoso río que hubieran visto nunca.

La margen derecha en la que ahora se encontraban se alzaba bruscamente, casi cortada a cuchillo, con altos farallones de roca entre cuyas grietas sobresalían árboles y arbustos que parecían vivir casi en horizontal en lugar de en vertical.

El enorme cauce se había convertido en la frontera natural entre una cadena montañosa cuyas cimas se vislumbraban a lo lejos y la meseta, por lo que se hacía necesario tomarse un respiro y recuperar fuerzas antes de iniciar un ascenso que tal vez no resultara sumamente peligroso pero sí fatigoso.

Mungo cerró los ojos y al instante roncaba.

Ansoc lo observó preguntándose cómo era capaz de quedarse dormido a la vista del demoledor desastre que habían causado, aunque envidió su portentosa capacidad de aislarse de cuanto le rodeaba limitándose a procurar sobrevivir hasta que llegara la noche con la esperanza de intentar sobrevivir hasta la llegada del nuevo día.

A la vista de los acontecimientos que venían sucediéndose, resistir una noche más para aspirar a un día más empezaba a constituir su único horizonte, por lo que Mungo roncaba con la misma placidez con que roncaba cuando aún no habían matado a un imprudente muchacho ni carbonizado un bosque.

No obstante, cuando Ansoc cerró los ojos se le apareció la imagen del pataslargas ensartado en dos lanzas y no necesitaba que se le apareciese la imagen del bosque carbonizado puesto que le llegaba su olor.

Buscó un tizón y comenzó a dibujar en una pared del acantilado cuanto estaba ocurriendo en la orilla opuesta.

Para colorear las llamas se infringió un pequeño corte en el dedo pulgar y empleó su propia sangre.

Luego pintó el río y las bestias que se ahogaban.

Fue un mural digno de haber permanecido allí durante años, siglos e incluso milenios, pero insensible a la calidad de tan extraordinaria obra de arte las primeras lluvias lo diluyeron y el agua lo arrastró corriente abajo.

Aun a sabiendas de que tanto esfuerzo no serviría de nada Ansoc no dudó en poner en ello todo su talento debido a que tan solo era una forma de admitir su culpa o de pedir perdón por haber causado tanto daño.

En ocasiones aliviaba la conciencia.

Esta no debió ser una de ellas por lo que cuando Mungo abrió los ojos se limitó a comentar:

–Te ha quedado muy real, pero te olvidas del hacha; si no hubiera aparecido un tonto con un hacha nada de esto hubiera ocurrido.

–Y tú te olvidas de la maza.

–La maza confirma que era un cretino. Mi padre me enseñó que si no eres muy fuerte, una maza te desequilibra. Y ese pataslargas era muy ágil, pero no muy fuerte... –señaló hacia lo alto–. Y mejor nos vamos.

Buscaron un punto por el que trepar pero no tardaron en comprender que oscurecería antes de alcanzar la cima por lo que decidieron que el día había sido lo suficientemente agitado como para correr nuevos riesgos.

Optaron por dormir al pie del farallón pese a que a Ansoc no le apetecía pasar la noche a la orilla de un río iluminado por un fuego que en la oscuridad resultaba aún más pavoroso ganando en extensión y perdiéndose de vista hacia poniente.

Al sol se lo había tragado el humo y no hubo ocaso.

Mungo volvió a dormirse en el acto.

Ansoc agradeció que al fin lo venciera el agotamiento.

Con la primera claridad iniciaron el acenso, ansiosos por alejarse de un paisaje que ya no podía considerarse paisaje sino fosa común al aire libre, pero en el momento en que estaban a punto de alcanzar la cumbre el estremecedor rugido de un oso les puso los pelos de punta y poco faltó para que se precipitaran al vacío.

Se quedaron muy quietos, aferrados a las rocas o las raíces de los arbustos, se consultaron con la mirada y parecieron comprender que en semejante situación de nada les servía cuanto habían aprendido sobre la forma de enfrentarse a un oso.

Y menos aún a uno que vista la capacidad de sus pulmones debía ser mayor que el mismísimo Tikal.

–¿Qué hacemos?

La eterna pregunta; la maldita pregunta a la que resultaba imposible responder cuando se encontraban pegados como lagartos a un liso farallón teniendo el abismo sus espaldas.

–¿Y yo qué sé?

–Piensa algo.

–Separémonos, y el primero que llegue a la cima debe procurar distraerlo hasta que suba el otro.

–¿Y luego?

–Intentaremos matarlo.

–¿En campo abierto...?

–Donde quiera que esté.

–No va a ser fácil.

–¿Y estar aquí colgados resulta fácil...?

Respiraron profundo, se tomaron un tiempo intentando calmarse y cuando al fin decidieron poner en marcha un chapucero plan de casi nulas opciones de éxito, alzaron de nuevo la vista y les sorprendió descubrir que en lo alto del farallón tan solo se encontraba una mujer.

Era muy alta y bien formada y aunque les doblaba en edad resultaba extraordinariamente atractiva.

Los primos intercambiaron una mirada de desconcierto.

–¿Dónde está el oso?

–Lo habrá matado.

–¿Ella sola?

Como la desconocida hacía gestos amistosos y no era cuestión de ponerse a discutir a semejante altura continuaron su ascenso para acabar desplomándose a los pies de quien los recibió con una encantadora sonrisa.

Estaba sola.

Realmente estaba sola y sin más armas que un pequeño cuchillo de piedra.

Mungo y Ansoc se encontraban cansados y asustados pero sobre todo perplejos debido a que la cima del farallón aparecía cubierta de matojos y sin la presencia de árboles o rocas que pudieran ocultar a un oso de gran tamaño.

Buscaron a su alrededor preguntándose dónde podría haberse escondido; la desconocida pareció comprender las razones de su justificada preocupación y llevándose a la boca un largo cuerno de carnero sopló con fuerza.

De nuevo se escuchó el terrorífico rugido de un oso dispuesto a destrozar a quien se le pusiera por delante y los pobres muchachos tuvieron que hacer un enormes esfuerzo para no lanzarse al río puesto que cualquier destino era mejor que caer en las garras de semejante bestia.

Pero la hermosa desconocida sonreía como si acabara de realizar una divertida travesura.

Al poco se llevó de nuevo el cuerno a la boca, cambió el tono y la modulación, y lo que se escuchó fue el amenazador gruñido de un león.

¡Magia!

¡Magia diabólica!

Aquella exuberante mujer debía ser una de aquellas malvadas hechiceras de las que las leyendas aseguraban que eran capaces de transformarse en osos, murciélagos o leones a imagen y semejanza de lo que solían hacer las que habían sido expulsadas de sus comunidades porque no engendraban hijos, se hacían viejas o se volvían demasiado conflictivas.

Pero aquella bruja –si es que en realidad era una bruja– no parecía ser una vieja conflictiva.

Puede que hubiera cumplido ya los treinta años, pero tenía los pechos firmes como rocas, un trasero espectacular y una sonrisa ciertamente encantadora.

Les hizo un gesto para que la acompañaran y ellos obedecieron como perros falderos pese a que resultaba difícil seguirle el ritmo debido a que saltaba de roca en roca con la agilidad de una cabra.

O ellos estaban muy cansados o ella era incansable porque lo cierto es que cuando al fin se detuvieron ante la puerta de una choza de piedra a los dos muchachos les faltaba el aliento y jadeaban, mientras que quien tenía edad para ser su madre continuaba sonriendo.

El interior era muy espacioso, con el suelo y las paredes cubiertas de adornos mientras en las paredes se abrían ventanucos protegidos con finas cañas que balanceaba el viento.

En el rincón más alejado seis pieles de bisonte se apilaban de tal forma que constituían un mullido lecho en el que su propietaria se dejó caer, cerró los ojos y comenzó a roncar casi con la misma rapidez con que Mungo acostumbraba a hacerlo, lo cual tuvo la virtud de dejarles absolutamente estupefactos.

¿A quién se le ocurría dormirse en presencia de unos desconocidos que podían violarla, matarla y despojarla de la ingente cantidad de objetos valiosos que llenaban la estancia?

O estaba convencida de sus poderes sobrenaturales o no estaba en sus cabales.

Salieron procurando no hacer ruido para ir a tomar asiento a la sombra de un gigantesco roble bajo el cual se alzaba un pequeño círculo de rocas que conformaban los límites de una hoguera que hacía las veces de cocina.

El desconcierto de los *ghámanas* no solo estaba motivado por la absurda actitud de la mujer sino por el hecho de que todo a su alrededor les resultaba intrigante y novedoso.

Aquella forma de vivir nada tenía que ver con la claustrofóbica cueva en la que habían nacido, la hedionda caverna de los *murkas*, o las míseras chozas de barro de los adoradores de meteoritos.

Nunca habían visto –ni oído hablar– de una vivienda levantada a base de lajas casi idénticas entre sí, y es que nunca habían visto –ni oído hablar– de los yacimientos de pizarra.

Aquella era una forma de construir sin precedentes para ellos y a primera vista ofrecía la innegable ventaja de la seguridad de una cueva con la también innegable ventaja de poder instalarla donde resultara más conveniente.

Un espeso bosque la ocultaba y proporcionaba sombra mientras un arroyuelo corría a veinte pasos de distancia.

–¿Qué te parece?

–Que es más lista que nosotros.

–Pero da la impresión de que vive sola.

–Más a su favor.

–¿La habrán expulsado de alguna tribu por no tener hijos?

–Estúpidos serían; conozco a varias mujeres que no pueden tener hijos pero a ninguna capaz de imitar el rugido de un oso o un león. A esa no se le acercan ni los lobos.

–¿Y de qué le sirve si se queda dormida? Podríamos haberla matado.

–También ella podría habernos matado y no lo hizo. Por lo visto hay gente que sabe a quien matar y a quien no. De lo contrario no quedaría nadie vivo.

–El pataslargas que nos atacó no lo sabía.

–Y así acabó.

Mungo permaneció un rato pensativo tratando de asimilar cuanto les había ocurrido a lo largo de un día y acabó por negar como si todo ello estuviera fuera del alcance de su comprensión al tiempo que hacía un gesto hacia la choza:

–Es casi vecina de los pataslargas... –masculló al fin–. ¿Cómo pueden ser tan diferentes si lo único que los separa es el río?

A Mungo, como a la mayoría de las personas, le gustaba tener respuesta a sus preguntas, sobre todo si estaban relacionadas con su integridad física, y a Ansoc, como a la mayoría de la personas, le gustaba saber responder a esas preguntas, pero en este caso se limitó a encogerse de hombros admitiendo su ignorancia.

Nada de cuanto les estaba sucediendo parecía tener sentido, como no debía tenerlo para todos aquellos que en alguna ocasión se vieron obligados a abandonar el hábitat en el que habían nacido con el fin de enfrentarse a un mundo del cual no tenían la menor referencia.

Tan solo sabían que el padre del padre del padre de un anciano que ya había muerto contaba que existían playas de arena sin agua y montañas que arrojaban rocas ardientes, pero en su ya largo camino no habían encontrado ni a las unas ni a las otras, lo cual venía a significar que la tradición oral tenía un serio inconveniente: en algún momento quien había oído contar algo lo contaba de forma diferente y el siguiente volvía a introducir su propia versión, por lo que al final resultaba que quizás nunca habían existido ni los desiertos ni los volcanes.

O que el mundo era mucho más grande de lo que suponían.

Y escasamente poblado.

Aunque por gente muy rara.

La más rara era sin duda la que dormía sobre un mullido lecho de pieles de bisontes, y la mejor prueba de ello estuvo en que, de improviso, del interior de la choza surgió un relincho.

Pero lo que hizo su aparición en el umbral no fue un caballo, sino ella misma, que portaba en la mano un cuerno diferente con el que volvió a relinchar antes de echarse a reír.

Tomó asiento frente a ellos, sopló un pequeño hueso y se escuchó la llamada de un ganso.

Ansoc y Mungo se encontraban cada vez más perplejos puesto que recordaban que uno de sus tíos era capaz de imitar el canto de ciertas aves pero nunca se les había pasado por la mente que alguien fuera capaz de hacerlo con todo tipo de animales.

Visiblemente feliz por haberles dejado de nuevo estupefactos, la exuberante mujer se golpeó repetidamente el pecho mientras repetía:

–Mara. Mara. Sa... Mara.

Resultaba evidente que pretendía decir que se llamaba Mara, por lo que Ansoc se apresuró a replicar señalándose de igual modo el pecho:

–Ansoc. Yo, Ansoc –golpeó a su compañero–.Este, Mungo.

–Mungo, Ansoc, Mara... –dijo ella, y se echó reír una vez más.

Tenía una risa tan contagiosa que al poco estaban los tres desternillándose como si el hecho de conocer sus nombres fuera lo más divertido que les hubiera ocurrido, hasta que Mungo no puedo menos que inquirir:

–¿Y de qué nos reímos?

–Pregúntale a ella.

«Ella» continuaba riéndose pero se interrumpió en cuanto escuchó una serie de silbidos que llegaban del bosque.

Se introdujo dos dedos en la boca respondiendo con lo que parecía una señal convenida y al rato hicieron su aparición dos hombres y una mujer que la saludaron cariñosamente mientas observaban con innegable curiosidad a los forasteros.

La recién llegada inclinó la cabeza, estudió con atención la entrepierna de Mungo, hizo un leve comentario y de nuevo estallaron en carcajadas puesto que podría creerse que se lo tomaban todo a broma.

Venían cargados con pieles de varios animales, piedras brillantes y todo tipo de alimentos.

Intercambiaron cuanto traían por diferentes instrumentos, algunos de los cuales servían para atraer la caza y otros para alejar depredadores, lo que parecía indicar que la tal Mara era una apreciada artesana que se ganaba la vida gracias a un magnífico oído y una innegable habilidad a la hora de fabricar reclamos utilizando muy distintos materiales.

Concluidos los intercambios encendieron fuego y comenzaron a preparar una pantagruélica cena centrada en cuatro clases de carne que tan solo acompañaban con una bebida rojiza que parecía estar hecha a base de frutos fermentados.

La guardaban en un odre y en cuanto la probaron, tanto Mungo como Ansoc experimentaron una curiosa sensación de mareo.

Ciertamente aquellas gentes sabían sacarle provecho a la vida puesto que comían, bebían, reían y eructaban.

Al poco Mara entró en la cabaña, regresó con una larga caña en la que había practicado media docena de agujeros y comenzó a soplar por uno de ellos mientras que con los dedos tapaba alternativamente los otros.

Se escuchó una pegadiza melodía y al instante el más anciano de sus amigos extrajo de su zurrón un diminuto tronco hueco que comenzó a golpear siguiendo el ritmo.

La otra mujer los acompañó entrechocando dos palitroques por lo que cabría pensar que aquel peculiar trío se había convertido en la primera orquesta de la Historia.

Ansoc advirtió que sus pies empezaban a moverse sin que pudiera dominarlos, y en cuanto le ofrecieron un nuevo trago del embriagador mejunje se puso en pie iniciando una enloquecida danza hasta que todo comenzó a dar vueltas a su alrededor.

Se despertó con un insoportable dolor de cabeza y al poco advirtió que Mungo se encontraba sentado con la espalda apoyada en el tronco del roble, con los ojos enrojecidos, cubierto de vómitos y aire ausente.

En cuanto intentaron ponerse en pie las piernas les fallaron por lo que a duras penas se arrastraron hasta el arroyo y permitieron que el agua acudiera en su ayuda.

–¿Qué ha pasado?

–Nos han envenenado.

–No creo que sea un veneno; bebieron más que nosotros.

–Quizás a ellos no les haga efecto porque están acostumbrados.

–O tal vez sea como cuando el chamán quiere conocer el futuro: hierve raíces y en cuanto se bebe el jugo le dan convulsiones y le salen espumarajos por la boca.

–Pero nunca acierta en lo del futuro.

–Eso también es verdad.

–Y Mara y sus amigos no parecían tener mucho interés en conocer el futuro; se lo estaban pasando muy bien.

Permanecieron un largo rato sentados en el fondo del arroyo con el agua a la cintura, esforzándose por asimilar las causas de una insólita experiencia en la que habían pasado de la más delirante euforia al más profundo malestar sin ser capaces de recordar nada de cuanto había ocurrido desde el momento en que comenzaron a bailar como posesos.

Ansoc siempre había confiado en una memoria que le permitía pintar hasta el último detalle de un bisonte sin tenerlo delante pero ahora esa memoria le fallaba dejando el negro vacío de toda una noche en blanco.

Consideraba –y con razón– que robarle una parte de su memoria era tanto como robarle una parte de su vida, debido a que su padre le había enseñado que la vida se componía de dos únicos elementos: el presente y los recuerdos.

El presente era el problema al que debían enfrentarse en cada circunstancia, y los recuerdos el conjunto de experiencias que permitían resolverlo.

Ansoc tuvo muy claro que si aquella endemoniada bebida era capaz de robarle los recuerdos y por lo tanto privarle de una experiencia que podía ser vital para su futuro, lo primero que tenía que hacer era no volver a probarla, por lo que no pudo por menos que mascullar:

–Ya me parecía a mí que todo esto era demasiado bonito.

–Pero ha sido muy divertido. Y la comida estaba buena.

–Me gusta más la de las *murkas*.

–Pero las *murkas* son muy feas. Cuando pienso en ellas también me dan ganas de vomitar.

Permanecieron así, incapaces de mover un músculo hasta que Mara salió de la cabaña, movió negativamente la cabeza mientras les dirigía lo que les pareció una dura mirada de reconvención por su comportamiento y desapareció en la espesura.

–¿Qué le ocurre ahora?

–Se diría que está enfadada con nosotros.

–¡Encima eso...!

CAPÍTULO XIV
DE MAR A MAR

Consiguieron recuperarse saciando su hambre rebuscando entre los restos de la cena, y en ello estaban cuando hizo su aparición un hombretón que empuñaba una enorme lanza, se cubría con una piel de león y cargaba con un pesado saco.

Era un auténtico gigante de cabellos muy largos y con una ancha cicatriz que le atravesaba casi por completo un lado de la cara, pese a lo cual poseía una admirable prestancia física.

Con su único ojo sano les dirigió una mirada entre inquisitoria y desafiante, penetró en la choza, depositó en ella su carga y regresó para tomar asiento sin soltar la lanza y dejando a la vista un desmesurado cuchillo.

Mungo lo observó de arriba abajo, reparando en la anchura de sus hombros, el grosor de sus muslos y el excepcional tamaño de su pene, antes de decidirse a comentar:

–Este debe ser el jefe.

–Y creo que no le caemos bien.

–Mejor nos vamos.

Recogieron sus cosas y se alejaron con la amarga impresión de que les arrojaban del Paraíso aunque sin la menor intención de enfrentarse a un tuerto capaz de romperles el cuello con una sola mano.

Si aquel «era el jefe» –y por su porte y atributos físicos le sobraban razones para serlo– no era cuestión de buscarse problemas ni de buscárselos a una encantadora mujer que lo único que había hecho era acogerlos con los brazos abiertos, gastarles bromas y enseñarles a beber, aunque bien visto lo último no era muy de agradecer puesto que de tanto en tanto se les revolvía el estómago y se les nublaba la vista.

Al parecer su destino era volver al camino allí donde no existían caminos, y sin la menor idea de qué rumbo seguir.

Ocho días más tarde el bosque comenzó a ralear y al fin desembocaron en una extensa planicie de hierbajos y arbustos espinosos recalentados por el sol.

El calor comenzaba a ser intenso y mucho más agobiante que durante los peores días de verano en la cueva.

–¿Y ahora qué hacemos?

–¿Y qué quieres que hagamos? Seguir adelante.

–Pero es que esa llanura parece no acabar nunca. Y no hay montañas.

Los ancianos les habían enseñado que sus antepasados les habían enseñado que si no había montañas que frenaran a las nubes obligándolas a descargar el agua que contenían, esas nubes pasaban de largo produciendo terribles sequías que habían obligado a emigrar a tribus enteras.

También les habían enseñado que cuando las nubes se detenían demasiado tiempo contra las montañas y dejaban caer durante varios años un agua en exceso mansa y persistente que no permitía la aparición del sol, esas mismas tribus se veían obligadas a emigrar de igual modo debido a que la tierra se convertía en fango.

Ni Ansoc ni Mungo habían visto nunca esas «aguas muertas», pero sí sabían que los *wairinos* habían sufrido en un par de ocasiones sus destructivos efectos.

No obstante, ahora todo era absolutamente distinto; la desolada meseta que tenían ante los ojos y en la que el ocre del suelo y el azul del cielo marcaban una perfecta línea recta en el horizonte parecía indicar que a partir de allí no encontrarían accidentes geográficos, lo que constituía una clara amenaza para quienes habían pasado sus vidas a la sombra de montañas, bosques y cañadas.

Ignoraban qué clase de enemigos podían ocultarse entre aquella maleza, ni dónde encontrarían el agua que resultaría imprescindible teniendo en cuenta que ya habían empezado a sudar a chorros.

Tomaron asiento bajo el último árbol capaz de proporcionarles sombra, sin tan siquiera mirarse, con el fin de no contagiarse el temor que sentían y que no era otra cosa que el lógico temor que suele asaltar a todo aquel que por primera vez se enfrenta a un mundo desconocido.

–¿Nos volvemos?

–¿Para encontrarnos otra vez con el tuerto, los pataslargas, los flacos o las *murkas*?

–¿Acaso será mejor lo que nos espera?

Era una pregunta que exigía una respuesta convincente, pero como de momento no la tenían decidieron pasar la noche bajo la protección del bosque e iniciar la marcha antes de que el calor comenzara a hacerse insoportable.

Casi peor que el sol y el calor eran las zarzas, con sus afiladas espinas que provocaban heridas a las que de inmediato acudían las moscas, por lo que se vieron obligados a envolverse las pantorrillas con pieles, lo cual lógicamente les obligaba a sudar aún más.

Al mediodía el lugar era un infierno en el que ni tan siquiera aullaban almas en pena porque tan solo se escuchaba el canto de las chicharras y cabría imaginar que el viento aún no había descubierto un mundo tan absolutamente desolador.

Improvisaron un precario refugio con ayuda de las pieles y las lanzas permaneciendo tan inmóviles como cuanto les rodeaba puesto que a esas horas ni los insistentes moscones verdes se sentían con ánimo de alzar el vuelo.

Al atardecer despertaron todos juntos –moscas, moscones, avispas, saltamontes, perdices, codornices, liebres, conejos, ratas y topos– con lo cual la cena estaba asegurada puesto que los *ghámanas* siempre habían sido hábiles cazadores que no hacían ascos a cualquier cosa que les llenara la tripa.

Reanudaron la marcha y en cuanto oscureció limpiaron un claro y encendieron un fuego que mantendría alejadas a las fieras, iniciando al día siguiente un fatigoso periplo que los llevaría durante casi dos semanas de vagabundeo por desoladas y deshabitadas llanuras hasta que al fin se toparon con los restos de una hoguera.

–Aquí ha estado alguien.

–Eso está claro.

–¿Y quién puede ser tan estúpido como para perderse en un lugar como este?

–Nosotros.

–¿Cómo has dicho?

–Que estas huellas son nuestras.

–¡No es posible!

–Compara. Esas son las tuyas y estas las mías.

–¿Quieres decir que somos los estúpidos?

–Tú mismo. Nos fuimos en aquella dirección y hemos vuelto por esta.

–¿O sea que estamos dando vueltas?

–Lógico si no tenemos puntos de referencia.

Mungo se limitó a orinar sobre las cenizas y, tras lanzar un sonoro resoplido que más sonaba a lamento, inquirió:

–¿Y podemos pasarnos así toda la vida?

–¡Como no espabilemos...!

Pero resultaba difícil espabilar si no conseguían ver nada que se diferenciase de lo que habían visto durante las dos semanas anteriores.

Pertenecían al clan de los *ghámanas*, gente acostumbrada a vivir en un espacio muy bien delimitado en el que siempre habían sabido en qué parte de su territorio se encontraban y cuál era el mejor camino para volver a casa.

Para Ansoc y su primo las cosas estaban a la izquierda o a la derecha del «Pico del Águila», y aguas arriba o aguas abajo del «Salto del Salmón». El resto no eran más que detalles superfluos.

Sus ancestros no les habían enseñado a orientarse puesto que nunca lo habían necesitado, y por lo tanto ahora estaban pagando las consecuencias de dicha falta de información.

Posteriormente, civilizaciones mucho más avanzadas advirtieron que existía una estrella –a la que en el año dos mil antes de Cristo los chinos denominarían «Thuban»– que se mantenía fija sobre un punto del firmamento, el Polo Norte, y gracias a tan peculiar cualidad acabaría por convertirse en el embrión de lo que con el tiempo terminaría siendo «El camino de las estrellas» que permitía orientarse a los grandes viajeros.

No obstante, y al parecer por culpa de los cambios climáticos y el diferente tamaño y peso de las masas de hielo cercanas a los polos, el eje de la Tierra se fue desplazando lentamente y su parte culminante dejó de apuntar a «Thuban» para dirigirse cada vez más a una estrella menor, «Cinosura», que a principios de nuestra era comenzó a ser conocida como «la Estrella Polar» y que seguirá siendo la que marque el rumbo a los navegantes hasta que dentro de unos cuatro mil años le tenga que ceder el trono a otra aún pequeña, llamada «Errai».

Ese hecho demuestra que ni siquiera en el firmamento los reinados son eternos y explica algunas de las razones por las que los *ghámanas* no tenían ni la menor idea de cómo demonios orientarse fuera de sus fronteras naturales.

Otra razón importante era que ni siquiera se les pasaba por la mente que la Tierra fuera redonda y pudieran existir un polo norte y un polo sur.

Dos muchachos –o quizás sería mejor decir dos hombres más por experiencias que por edad– se encontraban en aquellos momentos terriblemente confundidos, y lo peor del caso era que no tenían a quien acudir pidiendo ayuda.

Desde los tiempos más remotos algunos pueblos nómadas habían vagado sin rumbo hasta encontrar «una tierra prometida» en la que fundar su nuevo hogar, pero ni Ansoc ni Mungo eran nómadas, buscaban tierras prometidas, ni tenían la menor intención de fundar un hogar.

Lo único que pretendían era volver con los suyos.

Volver con sus padres, volver son sus hermanos y, para Ansoc sobre todo volver con Lía si por suerte los *wairinos* le habían permitido regresar a casa.

Lo más amargo y doloroso sería que Lía volviera y él no estuviera allí para recibirla.

Imitó a su primo orinando sobre los restos de la hoguera al tiempo que comentaba:

–Tenemos que cambiar de estrategia.

–¿De qué demonios hablas? Hasta ahora no hemos seguido ninguna «estrategia».

–Por eso mismo. Vamos de un lado a otro sin fijarnos en los que vemos.

–Es que no hay nada en qué fijarse.

–Nuestra única referencia es el punto por el que sale el sol, o sea que lo que tenemos que hacer es dirigirnos siempre hacia el sol.

–¿Y eso adónde nos llevará?

–No lo sé, pero por lo menos no volveremos al mismo sitio.

–No es mucho, pero algo es algo.

No era mucho en efecto, pero al menos evitaba que se les volviera a quedar la cara de idiotas que se les había quedado en el momento de descubrir sus propias huellas.

Y es que ni siquiera se podía confiar en los ríos ya que habían seguido el cauce de uno convencidos de que los llevaría al mar –que era lo que se suponía que debían hacer todos los ríos decentes– pero tras ocho horas con el agua hasta las rodillas el cauce desembocó en otro mayor que giraba a la derecha y luego volvió a girar a la izquierda para acabar desaguando en una laguna plagada de estrafalarias aves de color rosado y larguísimo cuello que se pasaban la mayor parte del tiempo haciendo equilibrios sobre una sola pata.

El hecho de que un río no cumpliera con la función para la que había sido creado, y por lo tanto no sirviera para que los salmones acudieran a desovar en su cabecera, consiguió deprimirlos, pero más aún les deprimía el vergonzoso hecho de enfrentarse a sus propias huellas.

Demostraban ser estúpidos, estúpidos, estúpidos.

¡Auténticos ceporros!

Pasaron la noche allí, pero en cuanto la claridad del alba hizo su aparición comenzaron a correr a un ritmo acompasado hacia el lugar en que se advertía que iba a surgir el sol.

Siguieron a un trote rítmico mientras lo tenían de frente y tan solo se detuvieron cuando Ansoc no estuvo seguro de seguir el rumbo correcto.

–¿Y eso...? –quiso saber un jadeante Mungo.

–Esperamos a que amanezca.

–¿Por qué tanto?

–Más vale correr medio día en la buena dirección que caminar todo el día sin saber hacia dónde vamos.

Como a primera vista la teoría parecía irrefutable se pasaban gran parte de las mañanas trotando y las tardes inmóviles, y durante tan largas y aburridas horas de obligado descanso Ansoc se empeñaba en conseguir que de una caña con seis agujeros surgieran notas musicales y Mungo se empeñaba en conseguir que de un cuerno de carnero surgiera el rugido de un oso.

Y no resultaba empresa fácil; de la caña tan solo surgían pedos ridículos y del cuerno ridículas pedorretas.

Una mañana alcanzaron una espesa arboleda que se extendía a las márgenes de un limpio río poco profundo, pero en el momento de comenzar a vadearlo advirtieron que llovían pedruscos.

En la otra orilla se encontraban dos hombres, tres mujeres y varios niños que les gritaban y les hacían gestos amenazantes para que no se acercaran mientras no cesaban de bombardearlos con cantos rodados del tamaño de un puño.

Utilizaban para ello unas largas y estrechas tiras de piel en cuyo centro encajaban las piedras que hacían girar repetidamente hasta soltar uno de los extremos, con lo que conseguían lanzarlas con tanta fuerza y endiablada puntería que a punto estaban de abrirles la cabeza pese a la considerable distancia a la que se encontraban.

Los desconcertados primos retrocedieron precipitadamente hasta encontrar refugio en la arboleda.

–¡Qué gente tan bruta...!

–No deben serlo puesto que utilizan un arma tan eficaz. Casi nos descalabran.

–¿Habías visto antes algo parecido?

–No, y mejor nos vamos de aquí porque en este río lo que sobran son piedras.

–¿Y si intentamos hacerles comprender que somos amigos?

Ansoc se limitó a señalar el centro del cauce:

–Tú mismo.

–Pues va a ser que no.

Retrocedieron con la desagradable sensación de haber sido derrotados una vez más, y a partir de aquel día compaginaron el trabajo de intentar sacar sonidos de cañas y cuernos con la complicada tarea de lanzar piedras con honda.

Fabricar tan endiablado y peligroso artilugio no representó ningún problema, pero conseguir disparar las piedras en la dirección correcta era ya otro cantar.

Se dieron con ellas en la espalda y las canillas, y en más de una ocasión tuvieron que correr puesto que sin pretenderlo las lanzaban al aire y solían caer con la malvada intención de desnucarlos.

Eran más las que salían hacia atrás que hacia delante.

–¡Qué complicado es esto!

–Pues acertaban hasta los niños.

El viaje era largo y las piedras abundaban por lo que poco a poco fueron adquiriendo una cierta práctica aunque de momento hubieron sido incapaces de acertarle a un olivo a diez metros de distancia.

Casi una semana después divisaron el mar.

¡El mar!

El mar significaba la cercanía de los suyos y el comienzo del fin de su odisea, ya que a partir de aquel momento lo único que tenían que hacer era seguir la costa hasta distinguir «El Pico del Águila» y alcanzar el amado territorio de los *ghámanas*.

Se bañaron, pescaron, comieron lapas, comprobaron que no había rastros de fieras o seres humanos cerca, y sintiéndose seguros se tumbaron a dormir.

La noche era estrellada, con luna en creciente y sin una nube por lo que el mundo permanecía en calma y en paz consigo mismo y con cuantos lo habitaban, pero de improviso

Ansoc se despertó alarmado y golpeó el brazo de su primo que de inmediato abrió los ojos con las armas empuñadas.

–¿Qué ocurre? –inquirió atemorizado pero dispuesto a enfrentarse a nuevos enemigos.

–¡Escucha!

Mungo se irguió girando lentamente la cabeza a un lado y a otro y prestando toda la atención de que se sentía capaz.

–No oigo nada... –susurró al fin.

–Eso es lo malo.

–¿Te has vuelto loco?

–Es posible, pero cuando dormíamos en la costa el mar rugía al reventar contra las rocas, los cantos de la playa rodaban con un rumor insistente y monótono, y recuerdo que las olas golpeaban una y otra vez la arena yendo y viniendo sin parar un instante.

–Yo también lo recuerdo.

–Pero aquí el mar no ruge contra las rocas, los cantos de la playa no se mueven, y ni siquiera hay olas.

–¿Qué quieres decir con eso?

–Que este no es nuestro mar.

–¿Cómo que este no es nuestro mar?

–Más bien parece un lago.

–Pero es salado.

–Salado o no, es muy diferente... –Ansoc buscó las palabras que pudieran expresar la sensación que sentía, y al fin las encontró al señalar–: le falta fuerza.

De ese modo, sin conocer él mismo las razones, supo marcar la diferencia entre un mar y un océano.

Había crecido a orillas de un ruidoso océano gris, frío, bravo y turbio, y acababa de despertarse a orillas de un silencioso mar tibio, tranquilo, azul y transparente.

Hacía casi cuatro años que Ansoc y Mungo habían abandonado las costas del Cantábrico, y tras recorrer más de mil kilómetros en una agotadora epopeya repleta de vicisitudes habían conseguido alcanzar las costas del Mediterráneo.

CAPÍTULO XV
¿POR DÓNDE SALE EL SOL?

Necesitaban reflexionar sobre el insólito hecho de ver emerger el sol desde el mar cada mañana cuando siempre habían sido testigos de cómo el sol se sumergía en el mar cada tarde.

Si el sol era el mismo –y sobre eso no abrigaban dudas–, debía ser el mar el que encontraba mal ubicado, aunque también era posible que fueran ellos los que estuvieran en el lugar equivocado.

Para los desorientados primos encontrarse en el lugar equivocado empezaba a ser una fastidiosa costumbre de la que siempre salían malparados, pero como la vida siempre había sido dura con ellos tampoco era cosa de lamentarse.

Allí estaban, sentados en la arena, contemplando un mar que parecía un espejo, viendo como infinidad de gaviotas se sumergían a pescar con la malévola intención de cagarles encima, y tras varias horas de intercambiar ideas y desechar hipótesis, fue Ansoc quien inquirió:

–¿Te acuerdas de las pequeñas islas que veíamos desde la punta de las ballenas?

–Me acuerdo.

–Pues Lía, que tiene muy buena vista y es muy lista, siempre decía que en las zonas desde las que llega el viento revientan olas gigantescas, mientras que del otro lado todo está tranquilo.

–No hace falta tener buena vista ni ser muy lista para darse cuenta de algo tan obvio. ¿Qué pretendes decir con eso? ¿Que estamos en una isla?

–¿Por qué no...?

–En primer lugar porque no creo que existan islas tan grandes, y en segundo porque si esto fuera una isla los abuelos de nuestros abuelos nunca habrían llegado hasta aquí porque por lo que nos han contado apenas sabían nadar y les aterrorizaba el mar.

Ansoc admitió que cabía discutir sobre el tamaño de las islas, pero el argumento del miedo al mar se le antojó inapelable ya que resultaba inconcebible que un *ghámana* se alejara más de diez metros de la costa ni incluso en las playas más tranquilas.

Con un agua tan fría y con tanta resaca como la del Cantábrico aquellos que cometieron semejante error rara vez regresaron.

–Pues si no estamos en una isla, ya me explicarás.

Nuevas reflexiones, nuevas ideas y al fin una teoría que resultaba aceptable:

–Recuerdo que había una roca con unas lapas enormes a la que únicamente podíamos llegar cuando bajaba la marea. El resto del tiempo se convertía en un islote. Quizás a los abuelos de nuestros abuelos les ocurrió lo mismo; llegaron aquí con marea baja.

–¿O sea que según tú llegaron a la isla con marea baja?

–Exactamente.

–Y luego no pudieron regresar...

–O no quisieron.

–¿Por qué?

–Tal vez porque al otro lado tenían enemigos, o porque descubrieron que aquí se vivía mejor.

Era una respuesta aceptable y que ofrecía la oportunidad de continuar por la costa hasta el lugar en que pudieran ver como el sol se ocultaba en el mar, lo cual querría decir que al fin se encontrarían en territorio *ghámana*.

–Pues si las cosas son así, mejor nos vamos.

–¿Hacia la derecha o hacia la izquierda?

Aquel constituía un nuevo dilema y visto que no tenían ni la menor idea sobre el tamaño o configuración de la supuesta isla, Mungo decidió resolver el problema lanzando una piedra al aire.

–Si cae de lado seco iremos hacia la derecha –dijo–. Si cae del lado húmedo iremos hacia la izquierda.

No era una forma muy sutil de decidir su futuro, pero tenía la ventaja de ser la más rápida.

A lo largo de los miles de años transcurridos desde entonces, millones de hombres y mujeres se han enfrentado a la necesidad de confiar su destino el azar, y lo cierto es que pese a los miles de años transcurridos ninguno de esos millones de hombres y mujeres consiguieron saber nunca cuál hubiera sido su destino en el caso de haber elegido la otra opción.

Tal vez hubieran muerto a las dos semanas, o tal vez hubieran acabado siendo felices.

Lo que sí resultaba cierto era que en algún momento todos debieron preguntarse cómo hubieran sido sus vidas en el caso de haber optado por el otro camino.

Visto cuanto ocurrió más tarde, Ansoc se lo estuvo preguntando hasta el último día de su vida, pero aquella mañana decidieron reiniciar la marcha hacia la izquierda confiando únicamente el uno en el otro aunque atentos a la menor señal de peligro.

La situación se había complicado porque de un lado tenían un mar cuya orilla les señalaba el camino para volver a casa, pero no podían fiarse de ese mar en el caso de que de tierra adentro surgieran pataslargas o aquellos «hombres crueles» de los que hablaban las *murkas.*

Siempre habían tenido la oportunidad de correr, pero nunca habían aprendido a correr sobre el agua.

Tan solo habían aprendido a nadar.

Y bastante mal.

La decisión del rumbo a seguir estaba tomada, pero una cosa era saber que se dirigirían hacia la izquierda, y otra muy distinta dar el primer paso.

Remoloneaban mientras los días seguían siendo calurosos y las noches silenciosas, como si aquella inmensa masa de agua que se perdía de vista en la distancia también remoloneara decidiendo si querer salir de su letargo negándose a tener nada en común con el vigoroso océano en que un día había encallado una ballena.

Lo recordaban como uno de los más excitantes de su infancia y ya habían reparado en el hecho de que desde aquellas costas jamás se divisaba ni su chorro de agua al emerger, ni su majestuosa cola al sumergirse, y a su modo de entender un mar en el que no se divisaban ballenas no se les antojaba digno de respeto.

Delfines sí; cientos de delfines corrían, saltaban y chillaban como si el mundo se les estuviera quedando pequeño, pero la viveza de cien delfines poco tenía que ver con la majestuosidad de una ballena.

Una tarde, mientras Mungo practicaba con la honda, una piedra plana resbaló sobre la superficie del agua, ganó velocidad, acabó golpeando a un delfín que dejo tras de sí un reguero de sangre, y el pobre muchacho se pasó casi una hora pidiendo perdón y gritando que no lo había hecho a propósito.

Ansoc no podía dar crédito a lo que estaba viendo.

–¿O sea que no te importó matar a un pataslargas pero casi te echas a llorar porque le has pegado una pedrada a un delfín?

–Aquel imbécil había intentado matarme y el pobre delfín no me ha hecho nada –Mungo hizo una corta pausa antes de añadir con absoluta sinceridad–: Y sí que me importó matar al pataslargas. Igual que te importó a ti.

Como era algo en lo que tenía razón dejaron las cosas como estaban, pero a partir de aquel momento procuraron practicar con las hondas cuando no hubiera delfines cerca.

Por fin, una calurosa mañana decidieron iniciar la marcha y a los pocos días avistaron unas veinte personas acampadas en el fondo de una ensenada de aguas cristalinas.

El lugar, rodeado de enormes pinos de ancha copa, constituía lo mas parecido al Paraíso al que en ocasiones hacía referencia el chamán, excepto por el hecho de que no había ni un solo bisonte a la vista.

Con suerte estarían a la sombra de los pinos.

Clavaron sus lanzas en la arena y aguardaron.

La experiencia les había enseñado que de los primeros gestos de los desconocidos, de la forma en que se miraran, hablaran o extendieran las manos hacia las armas, dependería en gran parte su destino futuro.

El tiempo se alargó.

Como aún no existía nada que lo midiese y siempre había sido el único y genuino dueño del universo, el tiempo se alargó a su capricho consciente de que de ese modo prolongaba la angustia de unos desgraciados cuyas vidas dependían de quienes los observaban entre curiosos y molestos.

Cuando al fin ese tiempo consideró que ya se había alargado lo suficiente, por lo que corría el riesgo de dejar de cumplir su cometido, el hombre que al parecer comandaba el grupo alzó la mano y les indicó que se aproximasen.

Ansoc dejó escapar un suspiro de alivio al comentar:

–Parecen amigos.

–Deben serlo porque están todos juntos.

Su primo se indignó y su indignación resultaba más que justificada por la insensatez de la respuesta:

–¿No puedes dejar de decir estupideces ni en un momento como este?

–Lo raro sería que en un momento como este se me ocurriera algo inteligente... ¿Se te ocurre a ti?

–La verdad es que no.

–Pues vamos allá.

Se aproximaron y permitieron que los inspeccionaran, los toquetearan e incluso les manosearan.

Se trataba de los primeros y genuinos hombres que vivían casi exclusivamente de la pesca con los que se encontraban, por lo que, debido a que pasaban muchas horas expuestos a los efectos del sol, la arena y la sal, tenían la piel quemada y casi costrosa.

De mediana estatura pero fuertes y fibrosos, parecían capaces de correr a buen ritmo durante largo tiempo, puesto que quienes están acostumbrados a correr en playas en las que se hunden los pies resisten mucho más cuando corren sobre terreno firme.

Ansoc advirtió que lo que más parecía llamar la atención de las mujeres era la forma en la que estaban confeccionadas sus ropas, ya que evidentemente los extranjeros que negociaban con agujas de hueso nunca habían llegado hasta allí, por lo que apenas tardó un instante en extraer una de su zurrón, enhebrarla y hacer una demostración de cómo utilizarla.

Causó el mismo impacto que había causado años atrás entre los *ghámanas*.

Ansoc comprendió de inmediato que se había ganado el favor de unas mujeres que parecían fascinadas por la idea de poder unir pieles de distintas formas, texturas y colores, por lo que de momento su seguridad parecía garantizada.

Fue Mungo quien rompió el hechizo al comentar:

–No sé por qué les interesan tanto las agujas si van desnudas.

A Mungo, como a la mayoría de los hombres que han existido a lo largo de una ya muy larga Historia, le costaba un enorme esfuerzo comprender que algunas mujeres, en especial las que superaban una cierta edad, prefiriesen sudar dentro de una piel que encontrarse cómodas en su desnudez, sobre todo cuando esa desnudez dejaba a la vista que sus pechos colgaban y sus nalgas se aflojaban.

No obstante su atento y avispado primo se apresuró a regalarle sus «zapatos» a la que parecía ser la matriarca de la familia, lo que constituyó la guinda de un pastel del que todas querían un pedazo.

En cuestión de minutos los *ghámanas* habían pasado de atemorizados parias fugitivos a expertos «modistos» en un encantador rincón del mundo en el que las mujeres se mostraban volcánicamente apasionadas mientras que a los hombres no parecía importarles que savia de lugares lejanos acudiera a renovar y fortalecer una comunidad que no necesitaba fortalecerse puesto que vivían con una envidiable comodidad y no parecían tener enemigos.

Nadaban como peces incluso de espaldas y pasaban mucho tiempo sumergiéndose a gran profundidad armados con arpones de punta de hueso con el fin de atrapar enormes meros que abrían por la mitad y jareaban al sol, lo cual parecía constituir su manjar preferido.

Cuando pescaban mar afuera un muchacho trepaba a una roca desde la que se dominaba la ensenada, atento a la presencia de los aborrecidos tiburones que en más de una ocasión se habían comido a más de un atrevido buceador.

También avisaban de la llegada de las molestas medusas.

Tanto Mungo como Ansoc advirtieron que de tanto bañarse estaban muy limpios pero tenían la piel áspera y salada, por lo que decidieron denominarles los salados.

Por lo visto tanta sal y tanto sol habían conseguido que sus cabellos fueran mucho más claros que los de cualquier otro clan que hubieran conocido, y no era extraño que los mejores buceadores se raparan totalmente la cabeza y se afeitaran la barba.

También les sorprendió descubrir que hablaban muy alto, cortando las frases y casi con monosílabos, como si intentaran ahorrar esfuerzos, aunque lo que en realidad ocurría era que de tanto sumergirse padecían graves problemas de audición.

En comparación con la verborrea del difunto *ghámana* que contaba historias sobre las peripecias del padre del padre de su padre podría considerárseles mudos, y cuando los recién llegados se enfrascaban en largas parrafadas, discutían o reían, se miraban molestos, como si consideraran que semejante derroche de palabras constituyese una falta de respeto hacia quienes necesitaban silencio para pensar.

Aunque no parecía que pensaran demasiado y si lo hacían poco provecho debían obtener visto que no intercambiaban sus ideas, y sabido es que no compartir ideas viene a ser como masturbarse frente a un alcornoque: nunca se engendra nada.

No obstante, la llegada de los forasteros había obligado a pensar a la mayoría de las mujeres, que cada vez querían saber más sobre costura, e incluso algunos hombres se interesaron por el uso de las hondas y cómo utilizarlas sin destrozarse las espinillas.

El hecho de que fueran tan parcos en palabras y usaran siempre los mismos términos para identificar las mismas cosas facilitaba sobremanera el aprendizaje de su dialecto por lo que Ansoc no tardó en hacerse entender.

Por su parte a Mungo le tenía sin cuidado que le entendieran o no; comía bien, dormía bien, fornicaba bien, y en sus ratos libres, que eran muchos, se entretenía en intentar extraer algún sonido del largo cuerno de carnero con el que llevaba tanto tiempo practicando.

Una tibia y serena tarde de finales de verano y en el momento en que la mayoría de los salados se extasiaban con un cielo surcado de nubes rojas, los denodados esfuerzos de Mungo dieron fruto, y mal fruto fue a buen seguro puesto que sopló con tanto entusiasmo que se escuchó el atronador rugido de un oso que por la fuerza de sus pulmones debería ser realmente gigantesco.

Ello trajo aparejado que de inmediato todos los presentes, incluido Ansoc, corrieran a lanzarse al agua con el fin de alejarse mar adentro.

Al advertir la estampida y sin pararse a preguntar qué demonios ocurría y de quién huían, el propio Mungo arrojó lejos el cuerno y huyó tras ellos.

Pasaron varios minutos en remojo.

Los niños temblaban.

Docenas de ojos permanecían pendientes de las lindes del bosque aguardando la llegada de la temida fiera, y las cosas tan solo cambiaron cuando Ansoc comenzó a propinarle pescozones a su inoportuno primo al tiempo que lo increpaba:

–¡Ceporro! ¡Cretino! ¿A quién se le ocurre imitar a un oso?

–Es la primera vez que me sale bien… –fue la amarga y lógica disculpa–. Y mira la que se organiza cuando algo sale bien…

Abandonaron el agua, unos desconfiados, otros avergonzados, y Mungo llevándose las manos a la cabeza que acaban de molerle a cocotazos, pero cuando un muchacho se apoderó del cuerno sopló con un gran fuerza y tan solo se escuchó una pedorreta, todos se echaron a reír.

El incidente del oso que nunca existió pareció marcar un antes y un después en la plácida convivencia entre salados y *ghámanas*, no porque surgieran problemas de índole personal, sino porque a la mañana siguiente comenzó a llover.

Y no era una lluvia cualquiera; era un auténtico diluvio.

Ansoc y Mungo estaban acostumbrados a una lluvia que a orillas del océano podía caer durante meses con desesperante monotonía empapando la tierra y borrando senderos, pero en este caso se resistían a creer lo que veían porque en cuestión de minutos los ríos se desbordaron, los campos se anegaron y cientos de animales comenzaron a luchar por sus vidas.

Era un cataclismo sin un segundo de pausa, pero para los lugareños debía constituir un cataclismo previsible puesto que en cuanto avistaron los primeros nubarrones se apresuraron a levantar el campamento y desaparecer tierra adentro.

CAPÍTULO XVI
GOTA FRÍA

La tierra se convirtió en fango y el fango en una traicionera trampa en la que se hundían los pies multiplicando el esfuerzo de avanzar, alcanzar una rama a la que aferrarse o una roca a la que trepar.

Las playas desaparecieron bajo una espesa riada marrón que descendía de los montes, se adentraba en el mar y convertía sus antaño limpias aguas en una especie de puré de castañas sobre el que flotaban cadáveres, cañas, matojos e incluso árboles que habían sido arrancados de sus raíces con la misma facilidad con la que una cabra arranca un hierbajo.

La bárbara y desmesurada demostración de fuerza de la naturaleza no era más que una de las innumerables y repetitivas demostraciones de fuerza de una cambiante naturaleza que destruía en cuestión de minutos cuanto había construido a lo largo de siglos.

No cabía achacarlo a que se mostrara insatisfecha con su trabajo puesto que hasta esa misma mañana este resultaba casi perfecto; debía ser mero capricho, infantil aburrimiento o ganas de recordar a todas sus criaturas –incluso a la enfangada tierra y a las piedras que rodaban arrastradas por la corriente– que allí no existía más que una ley, y que esa ley era la suya.

Ni Ansoc ni Mungo abrigaban la menor duda respecto a quién mandaba sobre la faz del planeta, y desde lo alto de la diminuta colina a la que les había costado horas ascender, contemplaban atónitos como su en apariencia sólido mundo se iba ablandando y desparramando en todas las direcciones.

–¿Y ahora qué hacemos?

–¿Y ahora qué hacemos...? ¿Y ahora qué hacemos...? ¿Y ahora qué hacemos...? ¿Es que no sabes preguntar otra cosa?

–Solo cuando no sé qué hacer.

–Nunca lo sabes, pero si te sirve de consuelo, yo tampoco.

–¿Cuánto puede durar esto?

–Recuerdo cuando nevó ocho meses seguidos.

–También yo lo recuerdo, pero era nieve no agua.

–Supongo que si las nubes pueden guardar nieve durante ocho meses, también podrán guardar agua durante ese mismo tiempo.

Mungo se limitó a encogerse de hombros:

–Espero que te equivoques, porque cuando nieva basta con calentarnos, pero si el agua sigue subiendo nos ahogaremos.

El agua seguía subiendo por lo que en el reducido espacio comenzaron a apretujarse toda clase de animales incluido un viejo león de chorreante melena que no parecía mostrar el menor interés en atacar a nadie, conformándose con quedarse en el centro de la colina puesto que de improviso los bordes se derrumbaban y cuantos se encontraban cerca de ellos resbalaban para acabar siendo arrastrados hasta el mar.

A Ansoc le vino a la mente una vez más la imagen del pelirrojo que se perdió en el océano y se preguntó si sería posible que aquel se convirtiera en su destino pese a que siempre había procurado mantenerse lejos del agua.

Temía a la muerte tal como la temen cuantos la han tenido demasiado cerca, pero más que a la posibilidad de ahogarse le temía al hecho de perder contacto con tierra firme.

En tierra firme existían cuevas, rocas, acantilado o pieles sobre las que pintar, mientras que en el mar tan solo había agua y nadie en este mundo había conseguido pintar sobre el agua.

Los bisontes, aquellos prodigiosos animales que algún día pensaba reproducir a tamaño natural aunque solo fuera para que cuando los *wairinos* le dejaran marchar su hermana pudiera verlos, necesitaban un soporte consistente y un lugar en el que el agua no los diluyera, tal como estaba diluyendo en aquellos momentos un paisaje que hasta el día anterior podría haberse considerado indestructible.

Al igual que el fuego había arrasado tiempo atrás los bosques de los pataslargas, el agua arrasaba ahora los bosques de los salados, y al igual que el fuego había destruido a cuantas criaturas no habían tenido tiempo de huir de las llamas, el agua las destruía con idéntica saña.

Agua y fuego siempre fueron enemigos irreconciliables que en ocasiones se aliaban con los hombres y en ocasiones se convertían en su peor pesadilla.

A los pocos minutos, el agotado y siempre imprevisible Mungo se tumbó sobre el fango, apoyó la cabeza en una piedra, cerró los ojos y comenzó a roncar ante el desconcierto de medio centenar de sorprendidas bestias. El suelo era un charco y el agua caía en cascada pero él dormía con la misma placidez con la que había dormido cuando el bosque ardía y el humo asfixiaba.

El único que no se sorprendió fue Ansoc porque el sueño era el arma que su primo utilizaba a la hora de esquivar problemas confiando en que al despertar hubieran desaparecido. Cabría acusarlo de inconsciente, pero también cabría admitir que era el único consciente de la gravedad de la situación y que al saber que no estaba en sus manos solucionarla se limitaba a evadirse y descansar.

A los diez minutos dejó de llover.

Podía deberse a que a la todopoderosa naturaleza le hubiese ofendido la falta de respeto de Mungo, o a simple casualidad –que a veces ocurre– pero lo cierto es que el sol salió con intención de iluminar lo que parecía haberse convertido en un gigantesco lodazal que se perdía de vista en la distancia.

Las bestias se alejaron por miedo al viejo león y el viejo león se alejó porque no se sentía con fuerzas como para rugirle a nadie y se conformaba con que hubiera dejado de llover.

Sentado sobre un tronco caído y calculando la asombrosa magnitud del inesperado desastre, Ansoc se sumió en un profundo y comprensible abatimiento. Debía estar a punto de cumplir dieciséis años, aunque eso era algo que ni él ni nadie –incluidos sus padres– afirmaría sin miedo a equivocarse, pero le habían ocurrido ya tal cantidad de tragedias que ni siquiera intentaba imaginar cuántas más le reservaría el futuro.

Cuando era niño había supuesto que en ese futuro se limitaría a dibujar hermosos bisontes y conseguir que uno de ellos se materializase lanzándose a correr, o que se limitase a permanecer muy quieto, pero recordando a cuantos lo admiraran que lo había pintado por amor a su hermana.

Nadie conocería su verdadero nombre, ni el de Lía, ni el de quienes habían sido sus padres, fueron sus hijos o incluso a qué clan perteneció, pero él sí lo sabría.

Y Lía también.

Con eso bastaba.

Cuando al fin Mungo abrió los ojos lo observó todo a su alrededor y acabó por agitar la cabeza al tiempo que comentaba:

–Si, como asegura el chamán, existe un dios de la lluvia, en esta ocasión no es que se nos haya meado encima, es que se nos ha cagado... –hizo una corta pausa antes de añadir–: ¡Menuda plasta de vaca!

Su primo señaló el punto, al fondo del barranco en el que se distinguían dos pequeños cadáveres:

–No es para tomárselo a broma.

–Lo sé, y lo lamento, pero debe haber alguien ahí arriba al que le divierte hacer este tipo de cosas.

No era aquel lugar para hablar de los gustos de los dioses ni tampoco lugar para quedarse, por lo que reanudaron la marcha y dadas las dificultades del terreno tardaron dos días en abandonar la zona del desastre, no sin antes toparse con los restos de una preciosa muchacha con la que Mungo había mantenido una apasionada relación un par de semanas antes.

La enterraron, siguieron su camino y un malhadado atardecer, al superar una gran roca que se alzaba en mitad de una ancha playa, se enfrentaron a la escena más desagradable que hubieran contemplado a lo largo de unas vidas demasiado cortas pero que les habían mostrado ya demasiadas escenas desagradables: un salado de cabeza muy plana apaleaba salvajemente a una muchacha embarazada.

Jamás habían imaginado que semejante aberración pudiera acontecer debido a que entre los *ghámanas* no se aceptaban tales actos de violencia y sobre todo se cuidaba y protegía con especial delicadeza a las mujeres que esperaban hijos dado que estaban consideradas poco menos que seres tocados por la gracia divina.

Sin niños no existía vida, ni futuro, ni alegrías.

Sin niños el clan desaparecería.

Se acercaron a tal velocidad que el desconcertado maltratador dudó unos instantes, como si se preguntara por qué razón unos desconocidos intervenían en sus asuntos, pero fue justo el tiempo que necesitó Mungo para golpearle en el pecho con el asta de su lanza, lo cual trajo como inmediato resultado que echara a correr dando alaridos.

Su aterrorizada víctima sangraba por una brecha en la frente y la gran cantidad de cicatrices y hematomas que resultaban claramente visibles indicaban que aquella no era la primera vez que sufría malos tratos.

La ayudaron a ponerse en pie y la condujeron a la orilla permitiendo que se lavara y dándole tiempo para que se repusiera puesto que evidentemente se encontraba muy maltrecha y dolorida.

Como pertenecía a una rama del clan de los salados a Ansoc no le costó entender lo que decía, y su historia resultó tan corta como amarga; apenas recordaba a su madre pero desde muy niña su padre –aunque no estaba segura de si se trataba de su verdadero padre o su padrastro– la violaba y apaleaba y al parecer tanto más disfrutaba cuanto más la golpeaba.

Cuando Ansoc le tradujo a su primo lo que había dicho, este se limitó a comentar:

–Siento no haber seguido mi primer impulso, que era matarlo.

–No podemos andar por ahí matando a la gente. Ya contamos con suficientes enemigos y tal vez ese cerdo tenga amigos.

–Alguien que le pega a una mujer no puede tener amigos.

–Yo no estaría tan seguro; si lo hace debe ser porque lo ha visto hacer antes.

–¿Cómo lo sabes?

–No lo sé, pero lo supongo.

–Tú siempre supones cosas pero supongo que tienes razón –admitió Mungo–. ¿Y ahora qué hacemos?

–¡Ya empezamos...!

–Empezamos porque cada día tenemos que enfrentarnos a un problema diferente. Ni mis padres ni mis abuelos me advirtieron de que podría tropezar con gente que disfrutara maltratando mujeres. ¿Te lo advirtieron a ti?

–No.

–¿Entonces...? ¿Qué hacemos?

Ansoc pareció desconcertarse por el hecho de verse obligado a responder a una pregunta que no por repetitiva resultaba menos directa e ineludible, pero apenas tardó un instante en señalar:

–Nos la llevamos.

–¿Nos la llevamos? –se horrorizó Mungo–. ¿A dónde?

–A donde quiera que vayamos, porque si algo tengo claro es que no voy a permitir que ese cerdo vuelva a ponerle la mano encima.

Su primo hizo un leve gesto hacia donde el cabezaplana los espiaba:

–Si echo a correr estoy a tiempo de alcanzarlo, pero si espero a que oscurezca lo tendré muy difícil.

Ansoc volvió a negarse; se encontraban en un territorio en el que tal vez estuviera permitido que los hombres pegaran a las mujeres y por lo tanto un *ghámana* no tenía derecho a castigar a quienes se limitaban a hacer lo que tenían por costumbre.

El malogrado anciano al que con tanta atención escuchaba cuando contaba las andanzas del padre del padre de su padre, siempre aseguraba que era necesario respetar las costumbres de otros pueblos debido a que con frecuencia constituían el resultado de las exigencias del entorno en el que habitaban.

No obstante costaba aceptar que ningún entorno impusiera la necesidad de ensañarse con una criatura indefensa.

Y quien se sentaba al borde del agua con la mirada perdida y aire ausente, una brecha en la frente y el cuerpo plagado de cicatrices, era una de las criaturas más indefensas que Ansoc hubiera visto nunca.

Tenía muy claro que cargar con ella retrasaría el viaje de regreso a un lugar que no sabía dónde quedaba ni a qué distancia se encontraba, pero también tenía muy claro que si la dejaba allí su recuerdo le perseguiría y su hermana no se lo perdonaría.

–Podría haber sido yo... –le habría dicho.

Y podría haber sido ella aunque era cosa sabida que los *wairinos* no maltrataban a las mujeres. En ocasiones las repudiaban por estériles, sucias o chismosas, pero jamás las golpeaban.

Una vez más la decisión estaba tomada, y como pronto caería la noche y no era cuestión de quedarse en mitad de la playa, Ansoc se limitó preguntarle a la muchacha cómo se llamaba.

–Naíma.

–¿Quieres venir con nosotros?

La infeliz no dudó en aceptar y por lo tanto sus nuevos protectores no dudaron en reiniciar la marcha internándose en un bosque en que se sentían más seguros que junto al mar, aunque no tardaron en comprender que habían perdido una de sus mejores bazas: su demostrada capacidad de moverse con rapidez.

Naíma, no solo estaba embarazada, sino bastante maltrecha por lo que caminaba con dificultad, a menudo tropezaba y de tanto en tanto le sangraba la herida pese lo cual no dejaba de volverse como si presintiera que su verdugo la seguía.

Y no era tan solo un presentimiento; era una seguridad que Ansoc no tardó en confirmar.

–Este mostrenco debe ser de los que creen que sus mujeres les pertenecen.

–¿Y por qué lo creen?

Su primo le dirigió una dura mirada de reproche:

–¡Y yo qué sé...! Los salados violaban mujeres y las *murkas* nos violaban a nosotros; los flacos adoraban a una piedra y los locos de las hondas pretendían descalabrarnos; los pataslargas nos querían matar y los amigos de Mara nos querían emborrachar... –lanzó un resoplido con el que pretendía dejar constancia de su desconcierto al concluir–: Si me cuesta asimilar cuanto está ocurriendo, ¿cómo diablos pretendes que además te lo explique?

Mungo siempre había aceptado que su primo era muy listo pero pareció entender que por muy listo que fuera no estaba en condiciones de explicar lo inexplicable.

Ver a aquella muchacha avanzar sujetándose el vientre con ambas manos mientras se mordía los labios procurando no dejar escapar un lamento le enfurecía y apenaba, pero sobre todo le desconcertaba.

¿Cómo podía nadie poner en peligro la vida de un niño?

¡Su propio hijo!

Recordaba el dolor de sus padres cuando alguno de sus hermanos fallecía; recordaba lo que les costaba recuperarse mientras todo el clan se esforzaba por ayudarles a superar tan duro trance; recordaba de igual modo sus propias lágrimas, y no podía por menos que apretar la empuñadura de su lanza dispuesto a utilizarla:

–Esta noche lo mato –sentenció.

–No tenemos derecho a matar a nadie.

–Pues lo castro.

–No será necesario. ¿Recuerdas lo que hacían las *murkas* con los que escapaban?

–Les rompían una pierna.

–Con eso bastará.

–¿La izquierda o la derecha?

–La que más te apetezca.

En cuanto oscureció Mungo trepó a un árbol, se ocultó entre el ramaje y aguardó sin mover un músculo, decidido a caer sobre su presa en cuanto diera señales de vida.

No obstante, intentar romperle una pierna, tanto fuera la izquierda como la derecha, a un salado que evidentemente conocía su territorio mucho mejor de lo que un *ghámana* lo conocería nunca, no resultaba empresa fácil.

La supuesta presa no dio la menor señal de vida en toda la noche y cuando con la primera claridad del alba Mungo se vio obligado a regresar admitiendo su absoluto fracaso y Ansoc le tradujo a Naíma lo que había dicho, la muchacha se limitó a comentar como si fuera lo más natural del mundo:

–Es que le huele.

Ansoc trasladó la respuesta a Mungo, que replicó ofendido:

–¿Cómo que me huele? ¿Acaso apesto y debo bañarme más a menudo?

–No necesariamente. Y no es que apestes... –le aclaró su primo tras sopesar un argumento que se le antojaba lógico–, es que los salados van semidesnudos y se pasan media vida en el agua mientras que nosotros nos cubrimos con pieles y sudamos.

–Pues a sus mujeres les gustaba como olía –indicó con un gesto a Naíma–. Pregúntale si apestamos.

–Nunca le preguntaré algo que le obligue a mentir.

–¿Por qué?

–Porque si dice la verdad me molestará y si miente ya no podré confiar en ella. Los *ghámanas* olemos peor porque somos distintos y debido a ello en cuestión de olfato ese cabezaplana nos lleva ventaja –alzó el dedo puntualizando–. Pero recuerda que de tanto sumergirse la mayoría de los salados son bastante sordos y en eso les llevamos ventaja.

–Pues puede ser una curiosa pelea; narices contra orejas.

CAPÍTULO XVII
EL GRAN RÍO

Aquella batalla tendría que librarse en plena noche por lo que su capacidad de oler al enemigo determinando con exactitud en qué punto se encontraba constituía una ventaja para el perseguidor que en contrapartida carecía de la capacidad de dar un paso sin que el crujir de la hojarasca lo delatara.

Tras sopesar cuidadosamente los pros y los contras Ansoc tardó poco más de una hora en diseñar una estrategia que les permitiera anular dicha ventaja; si el problema estribaba en la pestilencia, la solución tendría que encontrarse en esa misma pestilencia.

Una vez aceptada por su primo tan peculiar teoría se aferraron a una rama y comenzaron a hacer flexiones ante una boquiabierta Naíma que no conseguía entender por qué absurda razón dos muchachos a los que ya se podía considerar hombres hechos y derechos perdían su tiempo haciendo el mono cuando sabían muy bien que se encontraban en peligro de muerte.

No dijo nada porque también entendía lo de «distintas gentes, distintas costumbres», pero arrugó la nariz y apartó la cabeza cuando aquellas «distintas gentes» comenzaron a sudar a chorros, y más aun cuando se secaron el sudor de los sobacos, los pies y sobre todo la entrepierna con la parte exterior de pieles de conejo.

El resultado fue una repelente masa peluda y chorreante que cortaron en tiras con el fin de colgarlas de las ramas en lugares por los que circulaba el viento.

Gracias a ello, en cuanto oscureció una gran parte del bosque apestaba a hediondo *ghámana*.

El cabezaplana de nariz de sabueso se encontró por tanto supuestamente rodeado de invisibles enemigos que podían estar acechándolo detrás de cualquier árbol, y como por el simple hecho de ser un maltratador también era un cobarde, optó por acurrucarse y quedarse tan quieto como una piedra pese a saber que de ese modo concedía a sus enemigos una noche de ventaja.

Una noche de ventaja era bastante pero no demasiado cuando entre quienes intentaban alejarse a toda prisa se encontraba una mujer embarazada.

Pese a que Naíma nunca se quejaba, Ansoc y Mungo eran conscientes de sus padecimientos y también eran conscientes de que podía acabar desfalleciendo, por lo que con las primeras luces del alba se apresuraron a cortar varias ramas con las que improvisaron una tosca camilla.

La pobre muchacha se negaba a ser trasportada como si fuera un bulto y como los argumentos de Ansoc no parecían convencerla, Mungo se limitó a alzarla en vilo y atarla a la angarilla, tanto para evitar que intentara levantarse como para evitar que se cayera.

A su modo de ver resultaba mucho más cómodo, rápido y práctico cargar con ella que ayudarla a caminar.

Naíma no era estúpida y aunque se le advertía desconcertada por el hecho de que dos desconocidos se tomaran tantas molestias por una desconocida, acabó por dejarse llevar.

Pasar de ser violada, maltratada y obligada a trabajar a todas horas, a ser transportada en volandas viendo como los rayos de sol jugaban a colarse entre las copas de los árboles o como las ardillas y los macacos saltaban de rama en rama constituía una experiencia maravillosa teniendo en cuenta que cada paso que daban era un paso que la alejaba de su verdugo.

Su vida estaba cambiando de forma tan radical que por unos instantes se ilusionó con la idea de dar a luz a su hijo, idea que días antes hubiera considerado inalcanzable visto que por culpa de los continuos maltratos ya había sufrido dos abortos.

El niño que esperaba aún seguía con vida, de eso estaba segura, puesto que le sentía moverse, pero de lo que no estaba en absoluto segura era de que se encontrara intacto por mucho que siempre hubiera intentado protegerlo cuando la golpeaban.

La posibilidad de ser madre y ser libre siempre se le antojó un sueño, pero durante unos largos y felices minutos se aferró a tan fabuloso sueño.

Al poco se durmió y Mungo, que la observaba, comentó:

–Pesar, lo que se dice pesar, no pesa, pero sospecho que vamos a tener que cargar con ella durante mucho tiempo. ¿Qué piensas hacer?

Ansoc depositó la camilla en el suelo y se volvió molesto:

–¿Cómo que qué pienso hacer...? –inquirió–. Esto no solo cosa mía; es un problema que nos atañe a los dos y no voy a permitir que me cargues con el muerto.

–Te estoy ayudando a cargarlo y aun no está muerto –fue la insensata respuesta propia de semejante insensato–. Lo que ocurre es que no se me ocurre qué diantres haremos con una mujer embarazada cuando no tenemos ni la menor idea de dónde nos encontramos ni hacia donde nos dirigimos.

–Pues tú siempre has sostenido que lo importante es aguantar hasta que llegue la noche y esperar a ver qué ocurre mañana.

–Lo decía cuando estábamos solos. Ahora está ella...

Se sentó a observar como el abultado vientre de la muchacha subía y bajaba como si estuviera marcando el ritmo de vida de la criatura que llevaba en su interior, y podría creerse que en aquel momento Naíma se encontraba en paz con el mundo que la rodeaba pese a que sus incontables cicatrices demostraban que el mundo seguía en guerra con ella.

–Creo que no volveré a dormir tranquilo sabiendo que ese cerdo puede hacerle lo mismo a otra infeliz –dijo–. ¿Por qué no me dejas que vaya a matarle?

Su primo tomó asiento a su lado y le ofreció un pedazo de carne seca al tiempo que comentaba:

–Porque será él quien venga a que lo matemos.

–Pues confío en que lo haga antes de que nazca el niño.

–¿Cuánto crees que falta?

–No tengo ni idea. Siempre he sido padre, no madre.

La incongruente respuesta no merecía comentarios por lo que Ansoc se limitó a elevar los ojos al cielo pidiendo paciencia.

Eran jóvenes, fuertes y decididos, por lo que apenas se detuvieron ni de día ni de noche hasta que tras seis jornadas de marcha que hubieran agotado a cualquiera se detuvieron a orillas de un ancho río.

Lo estudiaron largo rato con el fin de encontrar un punto por el que vadearlo y tras observarlo con especial detenimiento fue Mungo quien comentó:

–Tengo la impresión de que es el mismo que atravesamos en dirección contraria cuando se incendió el bosque.

–El bosque no se incendió; lo incendiamos nosotros, pero creo que tienes razón y eso significaría que estamos regresando.

–Pero aquí es bastante más caudaloso.

–Puede que se deba a que estamos más cerca de la desembocadura.

–En ese caso lo único que tenemos que hacer es cruzarlo y seguirlo aguas arriba.

Ansoc le dirigió una larga mirada de conmiseración al comentar:

–A veces no puedo por menos que asombrarme por tu escasa capacidad de deducción; si se trata del mismo río, si lo cruzamos y lo seguimos aguas arriba, iremos a caer en manos de los pataslargas.

–Mala gente es esa. Y poco hospitalaria.

–Cierto, y como al atravesarlo quedaríamos a la vista tanto del cabezaplana como de los pataslargas, lo mejor será esperar a que se haga de noche.

–No sé nadar de noche.

–¿Qué estupidez es esa de que no sabes nadar de noche? –se indignó Ansoc–. Si sabes nadar sabes nadar y si no sabes nadar no sabes nadar. No hay diferencia.

–¡Sí que la hay! –fue la firme respuesta–. De día elijo un lugar cercano y me dirijo hacia él con el fin de detenerme a descansar. Pero si está oscuro no lo veo, me pierdo y me ahogo.

–Yo te ayudaré.

–¡Quién fue a hablar...! Nadas peor que yo, y con esa corriente acabaríamos en el mar.

Por muy Mungo y muy ceporro que fuera sus argumentos resultaban convincentes, pero menos convincentes que exponerse a que les vieran atravesando un río en pleno día, por lo que decidieron pedirle consejo a quien como buena salada era una experta en todo lo que se refiriese a nadar que no tardó en encontrar una solución; se ató al pie el extremo de una honda y el otro extremo lo ató a una muñeca de Mungo.

Luego ató otra honda desde el pie de Mungo a una muñeca de Ansoc.

Quedaban así firmemente unidos y en cuanto oscureció la muchacha se introdujo en el agua y comenzó a nadar de espaldas con tanta naturalidad y placidez como si estuviera disfrutando de un relajante baño en una tranquila laguna.

Resultaba, eso sí, una curiosa y casi estrambótica procesión puesto que su abultado vientre sobresalía como una inmensa boya que avanzaba sin el menor esfuerzo, gracias a lo cual sus atemorizados seguidores no podían por menos que ir dejando atrás sus miedos.

Tan solo pasaron un mal rato –y bastante malo fue a buen seguro– cuando de las tinieblas surgió un arbusto arrastrado por la corriente al que no se le ocurrió mejor idea que engancharse a un pie de Ansoc como si tuviese la pretensión de sumarse a tan disparatado cortejo.

La sombra del pelirrojo condenado a ahogarse en el océano volvió a hacer su aparición.

Por suerte el caprichoso arbusto optó por continuar a solas su camino rumbo al mar y a los pocos minutos lograron aferrarse a otro que tenía las raíces firmemente asentadas en tierra.

Descansaron durante largo rato, que bien lo necesitaban tanto por la fatiga física como por el desgaste emocional, y tras borrar sus huellas del lugar por el que habían accedido a la orilla, treparon hasta un otero desde el que se dominaba una gran parte del río.

Tan solo entonces decidieron tumbarse a dormir.

Ya con el sol muy alto en la margen opuesta hizo su aparición el cabezaplana acompañado de un hombre de complexión atlética, al que Naíma señaló como el hermano mayor de su maltratador y que tenía fama de ser el miembro más fuerte del clan.

–A veces me violaba y puede que el niño sea suyo... –dijo– pero nunca me pegó.

–Detalle a tener en cuenta –masculló Mungo al conocer la traducción–. No lo castraré; únicamente le cortaré un huevo.

–Procura que no te lo corten a ti porque por lo que veo van muy bien armados –le hizo notar su primo.

En efecto, ahora cargaban con haces de arpones de los que solían utilizar para pescar y que se ataron a la espalda en el momento de introducirse en el río.

Los observaron mientras nadaban dejándose arrastrar por la corriente, cruzaban frente a ellos y acababan de aproximarse a tierra en el siguiente recodo.

–¡Bien! –comentó Ansoc–. Creo que estos ya no vienen con intención de recuperar a Naíma sino de matarnos, y como esta orilla ya no puede considerarse territorio de los salados se acabó eso de respetar sus costumbres.

–Siempre me pareció una idea estúpida.

–Y lo era.

–¡Vaya! Por una vez me das la razón.

–Cuando la tienes, te la doy. Y ahora cállate porque esos dos puede que sean bastante sordos, pero eso no quiere decir que los que viven por aquí lo sean.

–¿Alguna buena idea?

–Aún no.

No resultaba empresa fácil tener ideas, ni buenas ni malas, cuando se encontraban en un precario refugio teniendo a un lado a enemigos declarados, al otro tal vez a los pataslargas, enfrente un caudaloso río, y a la espalda una serie de áridos barrancos y empinadas laderas que ascendían bruscamente hacia un territorio desértico que no parecía ofrecer ninguna protección.

Bien mirado era una trampa.

Mal mirado una ratonera.

Y peor mirado era una trampa para ratones en la que, por si fuera poco, una maltratada mujer estaba a punto de traer un hijo al mundo.

Mungo se echó a dormir.

Naíma no tardó en imitarlo quizás porque ambos sabían que el único que podría salvarlos se mantendría despierto.

Pero quien se suponía que podría salvarlos no tenía ni la menor idea de cómo hacerlo.

CAPÍTULO XVIII
BÁRDENAS

Despertó a su primo cuando el sol comenzaba a ocultarse y le señaló una atalaya que se alzaba a un par de kilómetros de distancia y unos trescientos metros de altura sobre el nivel del río.

–¿Ves aquel saliente desde el que se dominan dos barrancos?

–Lo veo.

–Pues esta noche intentaré subir hasta allí.

–Será muy peligroso.

–Más peligroso será quedarnos aquí. Esos mastuerzos se han criado junto al mar por lo que son muy buenos nadando, pescando y corriendo, pero no recuerdo que hubiera acantilados cerca, por lo que no creo que lo sean trepando.

–Mientras que nosotros nos criamos entre riscos persiguiendo cabras y rebecos –puntualizó Mungo–. Hasta ahí te sigo.

–¡Menos mal! –Ansoc señaló a Naíma–. En cuanto amanezca cargas con ella, corres hasta la atalaya y subes sin precipitarte por el barranco que yo te indique porque a partir de ese momento los mantendré a raya.

–¿Descalabrándolos?

–Descalabrándolos, aunque imagino que en cuanto vean llover pedruscos se volverán a casa.

–Han demostrado ser muy porfiados –le hizo notar Mungo.

–Porque estaban en su terreno, pero a partir de ahora estarán en el nuestro. Además, van descalzos y esas piedras son como cuchillas que les destrozarán los pies, mientras que nosotros llevamos zapatos que vamos a reforzar con dobles suelas.

–Sigues pensando en todo.

–Es que siempre he tenido que hacerlo por dos, ahora por tres y en cuanto nazca el niño tendré que hacerlo por cuatro. Empieza a reforzar los zapatos.

–Naíma se niega a usarlos. Alega que le apestan los pies.

–Más le apestarán cuando esté muerta. ¡Oblígala!

–De acuerdo. ¿Pero y si al puñetero niño se le ocurre nacer cuando estemos subiendo por el barranco?

–¡Qué pregunta tan tonta! –fue la despectiva respuesta–. Cortas el cordón umbilical con los dientes, a la madre te la atas a la espalda, agarras al niño con la boca y continúas subiendo.

–Dicho así parece fácil.

–Pues deja de decir bobadas y de plantear problemas absurdos antes de que lleguen. Ya tenemos bastantes.

Despertó a Naíma, le explicó lo que pensaba hacer y advirtió por su expresión que se le antojaba un plan absolutamente descabellado debido a que jamás había conocido a nadie que fuera capaz de trepar por acantilados que caían casi a plomo sobre abismos.

No obstante, y como había puesto su destino en sus manos, se limitó a asentir con gesto de resignación puesto que tanto daba morir degollada que de una caída.

En cuanto oscureció Ansoc se puso en marcha y una tímida luna bastó para alumbrar el paisaje, conseguir que no perdiera el rumbo y permitirle alcanzar sin problemas el pie de la atalaya que dominaba la entrada de los dos barrancos.

Pero fue entonces cuando comprendió que intentar llegar a la cima en plena noche constituiría un suicidio, por lo que se limitó a descansar hasta que la primera luz del alba le permitiera buscar con mayor detenimiento el lugar por el que ascender.

Se decidió por el de la izquierda, no solo porque parecía el más accesible, sino porque comprobó que quedaba fuera del campo de visión de sus posibles perseguidores.

Como sabía por experiencia que un largo palo constituía un gran engorro a la hora de trepar por acantilados, antes de iniciar la ascensión desmontó la lanza y abandonó el asta, quedándose tan solo con una punta de sílex a la que le había dedicado muchas horas de trabajo.

La ruta elegida resultó larga pero ciertamente accesible para alguien acostumbrado a perseguir cabras, por lo que cuando coronó la atalaya no pudo por menos que sentirse satisfecho visto que dominaba una gran extensión de terreno a ambos lados del río.

Al cabo de un rato pudo advertir como Mungo avanzaba a toda prisa cargando con Naíma casi como si fuera un saco.

Oculto entre la maleza permaneció muy quieto atento a cualquier movimiento en las orillas del río, y fueron los momentos más tensos que había vivido en el transcurso de unos años en los que los momentos de tensión se habían ido sucediendo con obsesiva insistencia.

Y es que lo que ahora estaba en juego no era su vida y la de su primo, sino la de una pobre criatura que había sufrido incontables penalidades.

Y la de su futuro hijo.

Hubiera contado los minutos si hubiera sabido lo que era un minuto o si hubiera sabido contar hasta seis, pero lo cierto es que entre los *ghámanas* todo cuanto sobrepasara los dedos de una mano ya era… «muchos».

Fueran muchos o pocos los minutos que transcurrieron, al fin hicieron su aparición en la distancia el cabezaplana y su hermano, aunque ahora no corrían con la rapidez con que solían hacerlo porque no lo estaban haciendo sobre la blanda arena de una playa o la hojarasca de un bosque, sino sobre un suelo conformado por infinidad de afiladas piedras de agresivas aristas.

Mungo volvió el rostro, los vio y apretó el paso.

–¡Vamos, vamos, vamos! –le gritó Ansoc pese a que le constaba que su primo ni podía oírle ni necesitaba que lo animaran porque le bastaba con saber que estaban en juego tres vidas y había decidido que o se salvaban las tres, o no se salvaba ninguna.

Alcanzó la entrada del barranco que su primo le indicaba con casi doscientos metros de ventaja sobre sus perseguidores, encaró decidido el ascenso, y tan solo entonces Ansoc hizo girar la honda y lanzó una primera piedra que en esta ocasión voló por los aires en la dirección correcta.

Casi rozó la frente del cabezaplana que se detuvo en seco, miró hacia lo alto y lo que vio le obligó a detenerse. Su hermano lo imitó cuando ya otro proyectil zumbaba en su busca, por lo que se arrojó al suelo permitiendo que los arpones que cargaba se desparramaran en todas direcciones.

Los salados comprendieron de inmediato que aquella había dejado de ser una contienda en la que hasta el día anterior creían llevar ventaja y que a partir de aquel momento ni siquiera se encontraba equilibrada puesto que un hombre armado con una honda en lo alto de una atalaya y teniendo a su disposición cientos de guijarros resultaba prácticamente invencible.

De común acuerdo optaron por retirarse a una distancia prudencial observando impotentes como «los secuestradores» de su mujer y su hijo –que poco parecía importarles que fuera del uno o del otro– se les escurrían de entre las manos.

Cuando al fin Mungo llegó junto a su primo, depositó «a la secuestrada» en el suelo, los observó desde lo alto y comentó feliz:

–Los hemos jodido.

–Aún no del todo.

–¿No crees que se den por vencidos?

–No se trata de lo que yo crea, sino de lo que crean ellos. Si se han adentrado en el territorio de una tribu que puede ser hostil, no es que sean porfiados, es que están locos.

–Mi madre me contó que un tío suyo se volvió loco, pero no me contó que se dedicara a pegar a nadie –señaló hacia quienes parecían dispuestos a esperar cuanto hiciera falta al inquirir–. ¿Intentarán subir?

–Probablemente. Pero de noche no se atreverán y de día se lo impediré.

Mungo se señaló a sí mismo y a Naíma:

–¿Y mientras tanto nosotros qué hacemos?

Ansoc se demoró en responder debido a que estaba estudiando con especial atención el árido terreno que se encontraba tras ellos y que a decir verdad no se mostraba en absoluto esperanzador.

Lanzó un resoplido, mascculló algo entre dientes y al fin señaló un alto promontorio de tierra rojiza y rocas negruzcas que se vislumbraba en el horizonte:

–Caminad un par de días en aquella dirección y buscad un buen escondite en el que esperarme.

–¿Cuánto tiempo?

–Tres o cuatro días. Pero no asomes la nariz hasta que me oigas tocar la flauta.

Su primo le observó con lógico desconcierto.

–¿Estás diciendo que piensas encontrarme tocando la flauta?

–No. Estoy diciendo que si toco la flauta me encontrarás tú a mí, lo que viene a ser lo mismo.

–Tú sí que enredas.

–Cuando suene me contestas con el cuerno, pero procurando que no suene a rugido de oso.

–Tan solo lo conseguí una vez.

–Pero menudo susto nos diste. Y ahora ponte en marcha.

Mungo dudó, le observó de medio lado, se golpeó la frente con el dedo como si con ello consiguiera ordenar mejor sus ideas pero al fin obedeció, tomó por la cintura a Naíma y se alejaron con paso aparentemente tranquilo.

Pero lo cierto era que Mungo no se encontraba en absoluto tranquilo. Era la primera vez en años que se separaba de su primo y no se sentía capacitado para enfrentarse a un mundo que poco parecía tener en común con cuantos había visto anteriormente.

El suelo era extremadamente árido y pedregoso, los montes exhibían fantasmagóricas formas debido a la erosión del viento sobre rocas poco consistentes, los barrancos surgían de improviso como si un titán hubiera arado la tierra, y en conjunto se diría que la naturaleza había decidido que aquel perdido rincón del mundo no merecía ser tenido en cuenta.

Por si todo ello no bastara, en cuanto coronaron la primera cumbre comenzaron a soplar rachas de viento que levantaban nubes de polvo.

A medio día Mungo se tomó un pequeño descanso, ayudó a Naíma a acomodarse sobre una roca y contempló impresionado el desolador paisaje que invitaba a dar media vuelta y regresar al bosque.

Aquel constituía un lugar ciertamente inhabitable, sin otra vegetación que mustios matorrales desperdigados al azar, ni más signo de vida que huidizos lagartos que se mostraban molestos por la inesperada aparición de gigantescas criaturas a las que no habían visto anteriormente.

Ansoc, en el que confiaba ciegamente –porque o confiaba en él o podía darse por muerto–, le había asegurado que siguiendo en aquella dirección acabarían por llegar a un mar que «sí era el suyo» y el día en que atravesaron el río en dirección contraria admitió que al parecer iban por buen camino.

No obstante ahora empezaba a dudar de las capacidades de su primo como guía puesto que habían dejado atrás el mundo real para enfrentarse al inframundo al que con tanto pavor se referían los chamanes.

Desde luego no era el temido desierto de arena amarillenta, sin vida ni agua del que tanto había oído hablar, pero podía tratarse muy bien de su antesala.

Se volvió a la mujer que esperaba impasible a que tomara una decisión y se preguntó si no hubiera sido mejor para ella quedarse con los suyos. Aceptaba que su vida debía haber sido un infierno, pero en aquellos momentos debería estar comprendiendo que iba a traer al mundo a su hijo en mitad de la nada y entraba dentro de lo posible que sus sentimientos como futura madre prevalecieran sobre sus sentimientos como mujer maltratada.

No obstante, a ese respecto Naíma no abrigaba dudas; aquel no era el mejor lugar para traer a un niño al mundo pero ya la habían obligado a abortar dos veces y nadie volvería a obligarla a hacerlo por muchos golpes que le dieran.

El dolor de los golpes se asumía y se olvidaba; el dolor de perder a un hijo, ni se asumía ni se olvidaba.

Las heridas cicatrizaban y los moretones desaparecían pero el recuerdo de un hijo muerto ni cicatrizaba ni desaparecía.

Observó a Mungo, percibió la hondura de sus miedos ante el futuro que se les presentaba en semejante pedregal y se preguntó por enésima vez por qué razón había aceptado correr tamaños riesgos por salvar a una pobre mujer que ni siquiera pertenecía a su familia.

Al poco decidió darle unos golpecitos en la espalda indicando que debían seguir adelante y el *ghámana* no pudo por menos que desconcertarse porque una mujer que se sujetaba el vientre como si estuviera tratando de impedir que se le reventara le estaba invitando a reiniciar el camino en un lugar en el que jamás habían existido los caminos.

–Tú sí que le echas valor... –masculló aun a sabiendas de que no le entendería–. ¡Vamos allá!

Reiniciaron la marcha hasta que súbitamente les sorprendió una niebla tan espesa que no les permitía distinguir una piedra a tres pasos por lo que se detuvieron ya que un tropezón les podía hacer caer en unos momentos en los que la futura madre parecía no poder contener por mucho tiempo las prisas por nacer que le habían entrado a su futuro hijo.

Ansoc había visto llegar esa misma niebla que nacía en el centro del río y se mostraba dispuesta a ocultarlo todo bajo su impalpable manto por lo que comprendió que muy pronto le impediría vigilar a quienes a su vez lo vigilaban a él.

Encontró un grueso palo al que pudo ajustar la punta de lanza, lo que le proporcionaba un arma más corta pero bastante eficaz, y fue a apostarse en lo alto del único punto por el que se podía ascender desde el barranco.

No creía que los salados se atrevieran a intentarlo, pero por si acaso se dedicó a arrojar de tanto en tanto gruesos pedruscos que rodaban arrastrando a otros y advirtiendo a sus perseguidores de que continuaba atento y dispuesto a romperles la crisma.

En aquel juego transcurrió el resto del día y toda la noche.

Con el amanecer se disipó la niebla y el agotado Ansoc volvió a la atalaya con el fin de comprobar que los hermanos continuaban en el mismo lugar.

Probablemente habían descansado bien y parecían decididos a esperar a que le venciera el cansancio o se marchara.

Comprendió que le aguardaba un largo día durante el cual debía intentar no dormirse.

Pero al fin se durmió.

CAPÍTULO XIX
LA MUERTE, EL PATO Y LA FLAUTA

Le despertó un ruido cercano, se maldijo por el imperdonable error que había cometido, giró la cabeza mientras aferraba con fuerza su nueva lanza dispuesto a morir matando, abrió los ojos y lanzó un suspiro de alivio al descubrir que quien aleteaba a unos metros de distancia era un buitre visiblemente interesado en averiguar hasta qué punto estaba dispuesto a servirle de almuerzo.

–¡Fuera bicho!

El decepcionado carroñero alzó el vuelo en busca de una presa menos renuente a ser destripada mientras Ansoc se asomaba al borde del precipicio para comprobar que sus empecinados perseguidores habían ganado terreno avanzando por el barranco aunque con extrema prudencia y los ojos clavados en la atalaya.

Buscó una piedra decidido a conseguir la difícil tarea de acertarle al maltratador en mitad de su diminuta frente, pero en el momento de ponerse en pie con el fin de hacer girar la honda advirtió algo que le hizo cambiar de idea; allá muy lejos, surgiendo de la orilla del río, a la derecha, había hecho su aparición un grupo de hombres armados que avanzaban a grandes zancadas.

–¡Joder...! –no pudo por menos que exclamar–: ¡Los pataslargas!

Se trataba en efecto de cinco pataslargas que no parecían dispuestos a permitir que ningún intruso invadiera su territorio, por lo que en cuanto los dos hermanos los divisaron echaron a correr conscientes de que les iba en ello la vida.

Huyeron hacia la izquierda; hacia el punto del río en el que se habían mantenido ocultos, y fue sin duda la persecución más apasionante a la que Ansoc hubiera asistido en su vida debido a que los pataslargas corrían casi a saltos, mientras que los salados lo hacían con pasitos cortos pero tan seguidos que se diría que en lugar de dos tuvieran cuatro o seis piernas.

Eran como cinco gatos intentando atrapar a dos ratones que se habían liberado de cuanto les estorbaba, incluidos los arpones, y ni siquiera volvían la vista atrás atentos a esquivar unos obstáculos que quienes los perseguían salvaban con notable facilidad.

Si tal como había asegurado Naíma sus violadores eran hermanos, el sentimiento fraternal se perdió por el camino visto que el de más edad, que sin lugar a dudas era el más fuerte, apretó el paso y comenzó a distanciarse.

El río estaba cerca pero al parecer no lo suficientemente cerca para el cabezaplana puesto que comenzó a flaquear, abrió la boca como un pez fuera del agua y suplicó a quien se alejaba que lo esperara.

El pataslargas que le pisaba los talones, una especie de galgo flaco, fibroso y furibundo, alargó el brazo, le golpeó con una maza y lo obligó a trastabillar durante varios metros antes de caer de bruces soltando una última y desesperada llamada de auxilio.

Si los salados eran de por sí bastante sordos, su hermano se hizo aún más el sordo, o quizás por el contrario consiguió oírle con tanta claridad que el pánico le proporcionó el pequeño impulso que necesitaba para hacer un último esfuerzo, coronar una loma, lanzarse al río y desaparecer.

Cuando volvió a emerger ya estaba lejos, y pese a que quienes pretendían darle caza continuaron persiguiéndolo por la orilla, Ansoc abrigó el convencimiento de que un nadador de sus reconocidas facultades no abandonaría el agua aunque tuviera que mantenerse en ella hasta llegar al mar.

Sus frustrados perseguidores parecieron resignarse a la idea de haber obtenido una victoria a medias, por lo que regresaron en busca de quien continuaba aullando y sollozando.

Lo observaron con curiosidad, le propinaron puntapiés, le orinaron y escupieron, y luego, poco a poco, comenzaron a animarse los unos a los otros hasta acabar apaleándolo y convirtiéndolo en un sangriento amasijo de carne, sesos y huesos.

Ansoc cerró los ojos asqueado; había visto morir a hombres y animales, había asistido a la agonía de una ballena y a la de un oso que se retorcía ardiendo en el interior de una cueva, pero jamás había asistido a una escena de semejante salvajismo teniendo en cuenta que no había tenido lugar entre fieras sino entre seres humanos que por si fuera poco reían, cantaban y bailaban.

Admitía que hubieran perseguido e incluso ejecutado a los salados por haber osado invadir su territorio, pero no podía entender una ira y un ensañamiento que a nada conducían.

Cuando al fin los pataslargas se alejaron esgrimiendo sus armas y exultantes por haber expulsado de su territorio a los intrusos, se limitó a permanecer inmóvil intentando borrar de su mente la terrible escena a base de sustituirla por la imagen de Lía o de la preciosa niña que había engendrado en una mujer *murka*.

Quería volver a casa.

Quería volver a ver a Lía.

Quería volver a ver a sus padres.

Quería volver a casa.

Quería que Lía hubiese vuelto a casa.

¿Pero dónde estaba su casa?

Se encontraba tan agotado que se quedó dormido tratando de determinar cuál sería el mejor camino para volver a casa, volver a ver a su hermana o volver a ver a sus padres.

Cuando despertó, del cabezaplana tan solo quedaban pequeños despojos que se disputaban un ejército de buitres entre los que sin duda debía estar el que aquella misma mañana había acudido a comprobar cómo se encontraba de salud, por lo que llegó a una macabra conclusión: los carroñeros de la región debían sentirse muy agradecidos puesto que tiempo atrás, cuando incendió el bosque, les había proporcionado una gran cantidad de presas, y ahora les había traído un sabroso cadáver importado directamente desde el mar.

Al poco rato sintió hambre pero no le costó gran esfuerzo atrapar tres distraídos lagartos que devoró crudos puesto que no quería arriesgarse a encender una hoguera cuyo humo alertaría a quien quiera que se encontrase por los alrededores, pese a que no parecía ser aquel un lugar en el que a nadie le apeteciera encontrarse.

Luego comenzó a seguir las huellas de Naíma y Mungo, lo cual no resultaba en absoluto difícil puesto que debían ser los únicos seres humanos que habían transitado por aquellos andurriales durante los últimos cuatro o cinco siglos.

Por el camino iba encontrando huevos y no se preocupaba por averiguar a qué clase de animal pertenecían; se limitaba a cascarlos con una piedra y tragárselos, tuvieran dentro lo que quiera que tuvieran.

No estaban los tiempos como para hacerle ascos a nada.

Al atardecer del segundo día y tras coronar una ladera y adentrarse en una extensa hondonada a la vista ya del promontorio de tierra rojiza y rocas negruzcas, comenzó a rodearle de nuevo la niebla, por lo que, sabiendo que en cuanto cayera la noche perdería el rumbo, optó por detenerse y tocar la flauta.

Lo hizo durante unos cinco minutos y a continuación aguzó el oído.

Le respondió un pato.

Volvió a tocar y le volvió a responder el mismo pato.

Se preguntó qué demonios podía hacer un pato en semejante secarral, pero tanto tiempo de ver cosas inexplicables le habían obligado a aceptar que la naturaleza tenía la curiosa manía de guardar una nueva sorpresa para cada día del año.

Tal vez existía una laguna cerca, tal vez los patos del río preferían anidar en un desierto al que no accedían sus depredadores y tal vez alguno de los huevos que se había comido perteneciese a ese pato debido a que ni los patos más precavidos habían conseguido librarse de los seres humanos que siempre había sido sus peores depredadores.

Insistió con la música y el pato insistió en su respuesta.

Pasada la medianoche se escuchó una lejana pedorreta que a buen seguro provenía de un cuerno de carnero.

No es que las notas que Ansoc conseguía extraer de su flauta pudieran considerarse una melodía, pero al maldito pato la pedorreta debió sentarle mucho peor puesto que comenzó a quejarse ruidosamente.

Se inició entonces lo que muy bien podría ser considerado un improvisado concurso musical –flauta, pato, pedorreta, pedorreta, pato, flauta– hasta que de improviso resonó el aterrador rugido de un oso que puso punto final a tan disparatado enfrentamiento.

Tanto Ansoc como Mungo llegaron a una lógica conclusión; estando tan cerca el uno del otro lo inteligente era esperar a que amaneciera.

A media mañana se encontraron.

Temiendo represalias el pato no acudió a la cita.

Lo buscaron con la maligna intención de invitarle a participar en la cena pero no consiguieron dar con él.

–¿Habías visto patos por aquí?

–Solo lagartos. ¿Dónde están los salados?

–Uno muerto y el otro en remojo.

Mientras se dirigían a la cueva en la que descansaba Naíma, Ansoc hizo un escueto relato de cuanto había ocurrido durante aquellos agitados y sangrientos días, por lo que Mungo no pudo evitar señalar en un tono de sincero pesar:

–La verdad es que no entiendo a qué viene tanta violencia –dijo–. Hay espacio de sobra para todos, aunque por lo visto con eso no basta.

Por su parte Naíma no hizo comentario alguno cuando supo que habían matado a palos al hombre que la había apaleado desde que tenía uso de razón.

No experimentaba alegría, sino alivio y casi incredulidad ante el hecho de que su vida hubiera cambiado de un modo tan radical en tan escaso período de tiempo.

De ser una esclava sexual obligada a soportar toda clase de aberraciones destinadas a satisfacer a un enfermo mental al que cada día le costaba más excitarse, había pasado a ser una mujer libre, protegida y respetada que podía traer a su hijo al mundo sabiendo que ese mundo ya no era el infierno que hubiera esperado a los que nunca llegaron a nacer.

El mundo que le aguardaba a su hijo sería sin duda un mundo duro y difícil, tan duro y difícil como el que aguardaba a cuantos se arriesgaban a asomarse a ver lo que ocurría al extremo del primero de los túneles que todo ser humano se ve obligado a atravesar. Pero al menos no estaría condicionado por los caprichos de un sádico.

Se acurrucó en un rincón, tal como hacía cuando la golpeaban, aunque ahora lo hizo con el fin de acostumbrarse a la idea de que jamás volverían a golpearla.

Y no resultaba fácil.

En absoluto.

Sus primeros recuerdos eran los de su padre maltratando a su madre –pese a que nunca se había sentido capacitada a la hora de determinar si se trataba de su padre o de otro hombre– y sus siguientes recuerdos se remontaban a cuando la mano de ese hombre la obligaba a ponerse de rodillas, le aplastaba la cara contra la arena y le causaba un daño atroz, sodomizándola.

No; no resultaba fácil hacerse a la idea de que nada de eso volvería a ocurrir.

En absoluto.

Más sencillo hubiera sido extraerle hasta la última gota de sangre y reponérsela con la de otra persona que extraerle hasta el último de sus recuerdos y sustituírselos por los de alguien que no hubiera sufrido tanto.

La sangre corría por la venas pero los recuerdos se clavaban en la mente y allí permanecían hasta el día en que la sangre dejaba de circular y el cuerpo se enfriaba definitivamente.

Naíma había pasado en poco tiempo de un paraíso de sol, playa y pesca abundante a un secarral de frío, viento y niebla en el que el manjar más apreciado era un lagarto, pero los actos de los hombres –que por suerte o por desgracia eran los que casi siempre regían el destino de las mujeres– habían conseguido que el paraíso del que provenía se le antojara un infierno, y el secarral el lugar más maravilloso del planeta.

Y es que allí, en mitad de aquella nada, iba dar a luz a su hijo.

CAPÍTULO XX
EL MONSTRUO DE PIEDRA

Nació sin miedo a nacer.

Hasta tres días antes había sentido como propio el temor de su madre, puesto que al fin y al cabo seguía siendo parte de ella, pero desde el momento en que Naíma se acurrucó y tras una larga reflexión consiguió expulsar sus temores, experimentó la tranquilizadora sensación de que el peligro había pasado y en el mundo exterior encontraría rostros amigos.

Y en efecto, eran amigos.

Ansoc y Mungo lo lavaron, lo abrigaron, se lo entregaron a su madre y fueron a sentarse a la puerta de la pequeña cueva en la que había venido al mundo.

–¿Qué te parece?

–¿Y qué quieres que me parezca? Todo los recién nacidos son iguales.

–¿Crees que está sano?

Les preocupaba que tantos golpes pudieran haberle afectado, pero lo cierto era que a primera vista no parecía tener huesos rotos ni miembros afectados.

–Por lo menos no tiene la cabeza plana.

Era una buena señal sin duda; algo a tener en cuenta, pero de momento no bastaba para determinar si los malos tratos le habían dejado secuelas que pudieran hacer su aparición más adelante.

Incluso en esto la naturaleza tenía la odiosa costumbre de mostrarse caprichosa puesto que niños que tenían todas las bazas a su favor nacían marcados, mientras que otros que no tenían ninguna venían al mundo sin un solo defecto.

Que con el paso de los años esas taras acabaran por emerger ni Ansoc ni Mungo podían saberlo por lo que se conformaron con comprobar que el recién nacido apartaba los pies cuando le hacían cosquillas.

–¿Qué vamos a hacer ahora?

–No empieces. Déjame disfrutar de este momento.

–Aquí no hay más que lagartos.

–Y un pato.

–No podemos alimentar a Naíma con lagartos o con un pato que ha demostrado ser más listo que nosotros –masculló Mungo–. ¿Y sabes una cosa? Si lograra encontrarlo no me lo comería; le obligaría a que me enseñara a volar.

–Muy listo tendría que ser.

–Siempre me ha fascinado la idea de volar.

–Y a mí, pero hemos aprendido a caminar, correr y nadar. De momento tendremos que conformarnos.

–¡Qué remedio...!

Al día siguiente, y teniendo en cuenta que lo mismo pesaba una mujer embarazada que esa misma mujer con su hijo en brazos, improvisaron una nueva camilla.

Ahora nadie los perseguía y podían detenerse a descansar cuando les viniera en gana.

Tan solo existía un inconveniente: el pequeñajo era un tragón y por lo tanto un cagón al que había que estar limpiando continuamente puesto que de lo contrario les perseguirían nubes de moscas tan porfiadas o más que los mismísimos salados.

Visto que andaban escasos de agua, la mejor solución que encontraron se basaba en dejar el pestilente «regalo» sobre una roca, añadirle otro de producción propia y alejarse a toda prisa mientras el enjambre se atiborraba de excrementos.

Tanto Mungo como Ansoc consideraban que resultaba indigno pasarse la vida huyendo, y que si en otro tiempo tuvieron que correr delante de fieras, el fuego o seres humanos, el hecho de huir ahora de las moscas significaba que habían llegado a lo más bajo en una imaginaria escala de fugitivos.

–¡Jodido niño!

–No te quejes que te tiene embobado.

–Y a ti.

Eso era cierto pese a que se pasaran la mayor parte del día arrugando la nariz y teniendo que restregarse las manos con tierra con el fin de desprenderse del pegajoso resultado del insaciable apetito del mocoso.

Una mañana, cuando tras esparcir sobre una roca cuanto esa noche había sido capaz de producir «el jodido niño», y Mungo se disponía a añadirle un nuevo aliciente destinado a las moscas, Ansoc se quedó de improviso con la boca abierta, tan asombrado que tardó unos instantes en inquirir:

–¿Has visto eso?

–¿Qué?

–«Eso»... la roca.

–¿Qué le pasa a la roca?

–Que no es una roca; es una cabeza.

Tanto Mungo como Naíma prestaron atención y se vieron obligados a admitir que en efecto no era una roca; era una cabeza petrificada tan gigantesca que cualquiera de ellos hubiera cabido en su interior.

Al aproximarse y observarla más de cerca descubrieron que tras la cabeza se extendía un rosario de vértebras igualmente petrificadas de casi veinte metros de longitud.

Ninguno de ellos se encontraba con capacidad de imaginar que lo que tenían ante los ojos era el fosilizado esqueleto de un dinosaurio que había merodeado por aquellas tierras millones de años atrás.

Estaban aterrorizados; tan aterrorizados que ese día las moscas hubieran podido darse un banquete a base de los excrementos de quienes temblaban ante la idea de que uno de aquellos seres infernales rondara por las proximidades.

Ni siquiera el viejo que contaba historias sobre las andanzas del padre del padre de su padre había mencionado nunca a unas bestias cuyos dientes superaban en mucho a la mayor y mejor afilada de las hachas, lo cual venía a dejar en evidencia que se trataba de un depredador eminentemente carnívoro.

Mungo no se molestó en repetir su frase favorita, puesto que le constaba que ni siquiera su primo sabría lo que tenían que hacer en semejante situación.

Y para añadir más miedo al miedo, llegó la niebla.

La niebla, el aborrecido fenómeno meteorológico al que la naturaleza había encomendado la cruel tarea de desorientar a los hombres, confundirlos y conseguir que los marineros se estrellaran contra los arrecifes y los montañeros se despeñaran por los precipicios, acudía en esta ocasión, no solo con la intención de desorientar y confundir, sino la de añadir un halo de misterio a lo que ya resultara de por sí suficientemente misterioso.

Permanecieron inmóviles esperando que de entre la espesa bruma surgiera una de aquellas desgarradoras zarpas de puntiagudas uñas que los desgarrarían, pero no ocurrió nada ni se escuchó un solo sonido.

Fueron largos momentos de tensión durante los cuales ni las moscas se decidían a alzar el vuelo pese a que su fino olfato les indicaba que un sabroso desayuno se encontraba muy cerca.

De nuevo una quietud que aportaba aún más desasosiego.

Mungo y Naíma se volvieron a mirar a Ansoc buscando ayuda, pero el pobre muchacho no se encontraba en condiciones de ayudarlos.

Al fin el agobiante silencio acabó siendo roto por una lejana llamada.

–¡Maldito pato!

–No es el mismo.

–¿Cómo lo sabes?

–El otro tenía la voz más ronca. Creo que era un pato rojo, mientras que este debe ser un blanco-listado.

–¿Quién te ha enseñado tanto sobre patos? –quiso sabe Ansoc.

–A las *murkas* les encantaban sus hígados asados con orégano.

–No me lo recuerdes; hace meses que no comemos nada decente. Pero lo que importa ahora no es lo que comamos, sino que no nos coman... –indicó con un gesto los dientes del dinosaurio–. ¿Crees que todavía existen bestias de ese tamaño?

–Espero que no.

–¿Y por qué no? Si son tan grandes y fuertes habrán derrotado a todos sus enemigos.

–A no ser que sus enemigos fueran más grandes y fuertes, en cuyo caso estaríamos aún más jodidos.

Resultaba casi inimaginable que existiera o hubiera existido en cualquier época –por muy pretérita que fuera– una bestia que superara en tamaño y poderío a aquella cuyo fósil tenían delante, por lo que tal vez los jóvenes Ansoc y Mungo, miembros del clan de los *ghámanas,* fueran los primeros seres humanos en plantearse los motivos por los que se había extinguido la especie que había dominado el planeta durante milenios.

Cientos de explicaciones se aventuraron posteriormente, desde la explosión de un gigantesco volcán, cuya nube de ceniza ocultó el sol durante décadas impidiendo cualquier forma de vida, al impacto de un meteorito con parecidas consecuencias.

Ello significa que si ni los más eminentes científicos se habían puesto de acuerdo menos de acuerdo podían ponerse quienes ni siquiera sabían si aquellas mastodónticas bestias podían continuar zampándose cuanto se les pusiera por delante.

Cuando la niebla comenzó a disiparse dejó a la vista un nido que contenía cuatro huevos petrificados del tamaño de la cabeza de un hombre, por lo que el perplejo Mungo no pudo por menos que inquirir:

–¿No me digas que esos monstruos se reproducen como las codornices?

–Eso parece.

–Pues menudo culo tienen.

Las moscas regresaban y como no estaban demasiado interesados en estudiar los hábitos reproductivos de los dinosaurios sino en alejarse de allí lo antes posible, reemprendieron la marcha y no se detuvieron hasta que alcanzaron la orilla de un arroyo en el que al fin consiguieron despojarse de la gruesa costra de mugre que les cubría.

En la margen opuesta parecía nacer un territorio diferente, como si aquella fuera la frontera que marcaba el fin del austero secarral y el comienzo de un extenso bosque repleto de oportunidades.

Siendo como eran excelentes cazadores podían comer cuanto quisieran y partir de aquel momento, con tantos riachuelos a la vista, el cagón podía cagar cuanto quisiera.

Su madre lo sentó sobre la arena del fondo dejándole más limpio de lo que había estado desde que nació, y al advertir que parecía disfrutar con el baño decidió que se llamaría Akcua.

–Me gusta.

–Y a mí, pero poco importa que te guste o no ya que es el que su madre ha elegido.

Los que siguieron fueron días tranquilos, de absoluto descanso, que era lo que necesitaban tras meses de fatigosas penalidades.

Una cuidadosa inspección de los alrededores les llevó a la conclusión de que no había osos, leones, ni hombres cerca, y que las únicas huellas que existían de bestias gigantescas se encontraban de igual modo petrificadas.

Dos días más tarde Mungo descubrió una cueva espaciosa a media jornada río abajo y a ella se trasladaron sabiendo que necesitaban tiempo para recuperarse y explorar mejor unos fabulosos parajes que ofrecían tantas ventajas que costaba trabajo aceptar que fueran reales.

El continuo goteo de acontecimientos, a cual más inesperado, les había enseñado a desconfiar, debido a lo cual consideraban casi una quimera la sola idea de que existiera un lugar sobre la faz de la Tierra en el que no acechara ningún tipo de peligro.

Pero, en efecto, no acechaba ninguno.

Durante la más larga de sus exploraciones Ansoc advirtió que a lo lejos se vislumbraba una cadena de montañas y abrigó el absoluto convencimiento de que tras ellas se encontraba el océano junto al que habían nacido, lo que significaba que sus cálculos habían sido correctos y que tal vez, siguiendo por su orilla, acabarían llegando a casa.

No obstante, surgía un grave inconveniente:

–Se aproxima el invierno.

–Nunca le hemos temido al frío... –le hizo notar Mungo.

–Una cosa es el frío y otra superar esas cumbres con nieve hasta las orejas. Tú y yo podemos conseguirlo pero ellos no.

Su primo observó a la mujer y al niño.

–Tienes razón –y como seguía aceptando que Ansoc era el que tomaba las decisiones añadió–: ¿Qué hacemos?

–Pasar aquí el invierno, porque supongo que no será tan crudo como a los que estamos acostumbrados y lo que sobra es caza.

Naíma, que ya empezaba a entender lo que decían, estuvo de acuerdo, en parte porque no se sentía con fuerzas como para atravesar cordilleras, en parte porque temía que el pequeño Akcua no lo soportara, y en parte porque hacía ya tiempo que había puesto su destino en manos de dos muchachos a los que ese mismo destino había convertido prematuramente en hombres.

Tal como había supuesto Ansoc, y por suerte para ellos, fue un invierno benigno.

En realidad fue un invierno feliz.

El más feliz que ninguno de los tres hubiera vivido nunca.

Lo compartían todo y «todo» significaba un amor sin la menor sombra de celos ni resquemores puesto que para Naíma se trataba de sus salvadores, los que la habían librado de un sádico y la habían conducido a un lugar en el que podía ver crecer a su hijo, el mismo hijo que llegó a temer que nunca naciera.

Había nacido y allí estaba, riendo, comiendo, y eso sí, cagando más de lo que comía, lo cual constituía un misterio, puesto que como aseguraba Mungo:

–A este jodido niño le das una semilla y esa noche te devuelve un árbol.

Naíma amaba a Mungo pero también amaba a Ansoc.

Ansoc amaba y deseaba a Naíma y Mungo también amaba y deseaba a Naíma, y quienes habían compartido tantos momentos amargos consideraron justo y lícito compartir los momentos dulces.

Las jóvenes *ghámanas* que no eran cedidas a los *wairinos* no dudaban a la hora de mantener relaciones con varios hombres y por lo general esperaban un par de años antes de elegir aquel con el que compartirían el resto de sus vidas. Acostumbrados a ello, ni Mungo ni Ansoc dieron mayor importancia al hecho de que Naíma hiciera el amor con ambos con idéntico apasionamiento y naturalidad.

Fue un invierno muy benigno.

Y muy feliz.

Naíma practicaba con la aguja, Ansoc con la flauta y Mungo con el cuerno, aunque los dos últimos con muy desigual resultado puesto que a Akcua le hacían reír las pedorretas del cuerno pero rompía a llorar en cuanto sonaba la flauta.

–Este jodido niño no entiende de música.

Pero lo cierto es que de la flauta no surgía auténtica música sino una insoportable mezcolanza de tristes lamentos y agudos pitidos que le destrozaban los tímpanos a la pobre criatura que no obstante compensaba la frustración de Ansoc extasiándose con sus dibujos.

Demostraba con ello que era un excelente crítico que sabía diferenciar entre las habilidades artísticas de cada cual.

Cuando al fin llegó a la dolorosa conclusión de que carecía de futuro como flautista, Ansoc se concentró en una de las paredes de la cueva convirtiéndola en un gran fresco que reproducía el esqueleto del dinosaurio, incluido el nido con sus correspondientes huevos.

A Naíma, que ya comenzaba a hablar su dialecto sabiendo que Mungo jamás sería capaz de aprender el suyo, le resultaba inexplicable que cada trazo resultara tan real cuando tan solo al dinosaurio habían visto durante unas horas.

Pero eso era algo que ni el mismo Ansoc conseguiría explicar jamás. Las cosas que le impresionaban –y sin duda aquella peculiar bestia le había impresionado– se le grababan de modo indeleble en la mente dado que poseía lo que miles de años más tarde acabaría por denominarse «memoria fotográfica».

En su fuero interno estaba convencido de que los dinosaurios ya no existían, pero como no había sabido encontrar una razón lógica para que no existiesen optaba por aceptar que podrían aparecer a la mañana siguiente.

Por fortuna –y por lógica– quienes llevaban millones de años muertos no aparecieron ni a la mañana siguiente ni nunca, y cuando al fin comenzó la primavera, el mural estaba concluido y Naíma se encontraba de nuevo embarazada.

Las nubes se alejaron y las sustituyó un sol que parecía haberse convertido en miles de millones de pintores que trabajaran con asombrosa eficacia cubriendo de infinitos colores el blanco manto de nieve, por lo que tanto Ansoc como Mungo se sorprendieron puesto que no estaban acostumbrados a un cambio de estación tan radical.

La increíble capacidad de la Tierra de girar alrededor de su eje y alrededor del sol pasando del día a la noche, del calor al frío, de la vida a la muerte y de nuevo a la vida, era lo que había conseguido que hicieran su aparición los dinosaurios, que se extinguiesen, y que luego hicieran su aparición unos seres humanos que de igual modo acabarían por extinguirse.

Una mañana en la que no quedaban rastros de nieve en cuanto alcanzaba la vista, lo que parecía anunciar que serían los días más propensos para reiniciar la marcha, dos se negaron a hacerlo y un tercero no estaba en edad de opinar.

–¿Lo habéis pensado bien?

–No queremos seguir caminando cuando no estamos seguros de hacia dónde nos dirigiremos...

–Hacia casa.

–Esta es ahora nuestra casa... –por primera vez Mungo había tomado una decisión y debido a ello se mostró firme al añadir–: Te creo cuando dices que vamos en la buena dirección, pero dudo que puedas asegurar a qué distancia estamos, ni qué enemigos encontraremos.

–No. No puedo –fue la sincera respuesta.

–¿Pues te imaginas en qué clase de martirio se convertirían meses de viaje con una mujer embarazada y un niño que está empezando a andar?

–En un continuo sobresalto.

–Y miedo. Y sufrimiento.

–Tampoco sabes si aquí estaréis a salvo –le hizo notar Ansoc.

–Nunca se sabe dónde se está a salvo –argumentó en buena lógica su primo–. Pero prefiero que mis enemigos me encuentren aquí a ir a su encuentro. Conozco la zona y sé cómo defenderme, pero en un territorio desconocido estaría en desventaja.

Ambos tenían una larga experiencia respecto a lo que significaba vagar por lugares en los que a cada paso acechaba el peligro y a Ansoc le vinieron a la mente los momentos de angustia por los que habían pasado cuando de la nada surgían mujeres violadoras, esqueléticos hombrecillos armados de afiladas lanzas, honderos que pretendían descalabrarlos o un descerebrado patalargas que se dejaba caer desde un árbol con intención de cortarles el cuello.

–En eso puede que tengas razón –admitió.

–La tengo y lo sabes.

–¿Y qué le diré a tus padres?

–La verdad. Que estoy bien, que tengo una hermosa mujer y que pronto tendré dos hijos con los que formaré un nuevo clan.

–¿El clan de los mungos?

–¿Por qué no...? Todo hombre tiene derecho a formar su propia familia y que con el tiempo acabe convirtiéndose en una dinastía.

A su primo no le quedaba más remedio que rendirse a la evidencia de que aquella constituía la máxima aspiración de cualquier ser vivo: crear una estirpe que dejara huella de su paso por el mundo y morir sabiendo que sus genes continuarían existiendo merced a lo cual parte de él también continuaría existiendo.

Puede que Mungo fuera un ceporro, pero era un ceporro fuerte y trabajador que amaba profundamente a una mujer que también lo amaba, por lo que ambos se dejarían la piel en hacerse la vida agradable y sacar adelante a una familia.

Ansoc observó a Naíma, reparó en su vientre nuevamente abultado y comprendió que eso era lo que quería hacer y lo que haría.

Tal vez la criatura que llegaría al mundo sería hijo suyo y no de Mungo, con lo que este pretendía crear un clan con un descendiente de su primo y otro de un cabezaplana, pero ese detalle carecía de importancia puesto que sin duda tendrían más hijos.

Y si no los tenían con la intención bastaba.

Los hijos acaban siendo de quien los ama, no de quien los engendra.

–Va a ser un largo viaje en solitario –se lamentó.

–Más largo sería si te acompañáramos.

–No tendré con quien hablar.

–Así te ahorrarás oír tonterías.

–La vida va a ser muy aburrida sin escucharlas.

–Encontrarás más tontos.

–No de tu talento.

Aquella era una curiosa forma de despedirse, pero la más apropiada entre dos rapaces que llevaban años dependiendo el uno del otro y estaban rompiendo sus lazos, no solo entre ellos, sino con el pasado.

Mungo no volvería a relacionarse con ningún *ghámana* y Ansoc se adentraría en hostiles montañas en las que leones, osos, lobos e incluso caníbales podían estar acechándolo en cualquier recodo del camino.

Y ya uno de ellos no dormiría tranquilo sabiendo que el otro dormiría con un ojo abierto.

También los dos sabían que su primo era el único capaz de confirmar que los increíbles acontecimientos que se habían sucedido durante aquellos años eran ciertos y no simple fruto de la desmesurada imaginación de un par de alucinados fantasiosos.

–Mi madre tal vez me crea, pero mi padre no.

–Pues dile a tu padre que todo fue culpa suya. Aseguró que había visto bisontes y tardamos casi un mes en encontrarlos. Mintió.

–No creo que mintiera. Supongo que quiso creer que eran bisontes y que al mandarnos en su búsqueda les estábamos invitando a que volvieran.

–¡Ojalá hayan vuelto!

–¡Ojalá!

Aquel deseo compartido de que los bisontes hubieran vuelto al territorio de los *ghámanas* fue lo último que se dijeron porque poco antes del amanecer Ansoc emprendió el viaje sin cargar más que con un zurrón y sus armas.

Sabía cómo sobrevivir en un territorio en el que frondosos bosques le ofrecían toda clase de frutos, así como setas, trufas y una infinita cantidad de nidos capaces de proveer de huevos a un ejército. Abundaba la caza pero continuó con la prudente costumbre de no encender fuego que delatara su presencia, ingiriendo la carne cruda, y atiborrándose de sesos, hígado y tuétano que sabía que le proporcionarían las fuerzas que iba a necesitar para tan fatigoso viaje.

Y como de igual modo sabía que el oído y el olfato eran los principales aliados de las fieras, no solía moverse hasta que llovía porque el repiquetear del agua golpeando sobre el follaje acallaba el rumor de sus pasos al tiempo que diluía su olor.

Tampoco dejaba huellas de pie humano.

Sus «zapatos» podían considerarse una masa amorfa sin líneas nítidamente marcadas y procuraba no pisar sobre tierra o barro, sino sobre hojarasca o pinocha.

Se cubría siempre con pieles de color marrón, a las que había adherido hojas secas utilizando resina, por lo que cuando se tumbaba en una zanja pasaba desapercibido.

Tomar tantas precauciones retrasaba su viaje de forma harto considerable, pero ya por entonces era cosa sabida que más valía llegar tarde que quedarse en el camino.

Sobrevivir rodeado de enemigos podría llegar a considerarse un arte, y en ese campo Ansoc contaba con buenos maestros y años de experiencia.

Pero con demasiada frecuencia, ni el talento ni la experiencia servían de nada frente a los imponderables.

CAPÍTULO XXI
LAS TRES GRACIAS

Una mañana no pudo levantarse.

Tenía la pierna izquierda hinchada y al final de la pantorrilla se distinguía con claridad la marca de una mordedura que bien podía ser de serpiente, araña o rata.

Se sentía mareado, con fiebre y escalofríos, pero sobre todo se sentía furioso al imaginar que tras tantos enfrentamientos con enemigos fuertes e incluso inteligentes pudiera acabar siendo víctima de una estúpida alimaña ponzoñosa, noctámbula y traicionera.

No era justo.

Creía ser merecedor de una muerte digna entre las fauces de una manada de lobos, a los que hubiera plantado cara llevándose por delante a más de uno, pero el hecho de permanecer allí acurrucado entre las raíces de un árbol haciéndose sus necesidades encima, temblando, sudando y mordiéndose los labios con el fin de no dejar escapar un grito se le antojaba vergonzoso.

Se había ganado a pulso el ser considerado un auténtico guerrero *ghámana* y no recordaba que ninguno de ellos hubiera acabado de una forma tan innoble.

Nunca supo cuánto tiempo pasó inconsciente y delirando ni por qué razón las fieras no aprovecharon la ocasión para darse un festín, aunque tal vez se debiera a que su instinto les indicaba que no debían arriesgarse a contagiarse de un mal que les dejaría de igual modo indefensas.

Tardó dos semanas en recuperarse, aunque lo cierto es que pasó el resto de su vida sabiendo que jamás se recuperaría debido a que una pequeña porción de veneno seguía circulando por su cuerpo y en ocasiones se detenía en algún punto de su cabeza obligándole a sentir de nuevo dolor, terror y escalofríos.

Pese a que utilizaba la lanza a modo de báculo, en cuanto caminaba más de una hora necesitaba descansar, y transcurrió otra semana antes de encontrarse en condiciones de enfrentarse a la imponente cadena montañosa.

Hubo momentos durante los cuales a punto estuvo de emprender el camino de regreso y solicitar la protección de Naíma y Mungo hasta que se encontrara totalmente recuperado, pero comprendió que si le había costado un gran esfuerzo separarse de ellos cuando aún se sentía sano y fuerte, le resultaría casi imposible hacerlo sabiendo que había perdido parte de sus facultades.

Reemprendió por tanto la marcha, rumbo a las montañas, y cuando se inclinó a beber en el primer charco que encontró en el camino se horrorizó al ver reflejada la imagen de un barbudo de ojos enrojecidos, profundas ojeras y expresión amargada que nada tenía en común con el imberbe y animoso rapaz que un ya lejano día abandonó su casa en busca de bisontes.

Comprendió que en el momento en que estuviera llegando a la entrada de la cueva se vería obligado a gritar y agitar los brazos advirtiendo quien era, puesto que como resultaba casi imposible que lo reconocieran lo recibirían a pedradas y lanzazos tal como acostumbraban a recibir a cuantos extraños hacían su aparición en solitario.

Ello era debido a que cuando un delincuente cometía un delito especialmente grave era expulsado de su clan y condenado a deambular en absoluta soledad por el resto de su vida.

«Delitos especialmente graves» tan solo estaban considerados el asesinato y el abuso de niños.

A los violadores se les castraba y a los asesinos se les cortaba una mano porque si se les condenaba a muerte la ejecución tenía que llevarla a cabo un miembro de su propia familia, lo cual añadiría un nuevo baldón a su estirpe.

Como la solución tampoco estaba en encerrarlos con la obligación de alimentarlos de por vida, se optaba por la sabia decisión de desterrarlos, lo cual permitía que el culpable tuviera todo el resto de su vida para arrepentirse de sus actos.

Tan riguroso era el castigo que cualquier clan que aceptase acoger a un desterrado sería considerado enemigo del resto de los clanes de la zona.

Al verse reflejado de aquel modo en el charco Ansoc no tardó en comprender que no solo los *ghámanas*, sino todo aquel con quien se topase en el camino podría confundirlo con un asesino o un infanticida y que al no entender su dialecto no podría explicarles que tan solo era un pobre paria que llevaba años pateando bosques, barrancos y secarrales.

Lo único que podría hacer sería demostrar que seguía teniendo dos manos y dos testículos pero pese a saber que aún conservaba tan esenciales partes de su anatomía no se sentía en absoluto tranquilo, ya que el rostro del greñudo que le miraba desde el charco resultaba cuanto menos inquietante.

Resignado a esa idea, y sin medios con los que mejorar su patibulario aspecto, a los dos días desembocó de improviso en una tranquila laguna en la que se bañaban tres muchachas que lo observaron entre atemorizadas y curiosas.

Dejó caer la lanza, alzó los brazos demostrando que aún disponía de dos manos, hizo inequívocos gestos de que su actitud era amistosa, y a continuación les preguntó dónde se encontraba el mar.

Tal como era de esperar, no le entendieron.

Repitió por dos veces la pregunta y al comprobar que todo intento de comunicación resultaba inútil, buscó una laja de piedra y con ayuda de su inseparable tizón pintó una ola, un pez, un pulpo y un cangrejo.

Las hermosas muchachas –puesto que en realidad lo eran e incluso una de ellas se parecía a Naíma– quedaron fascinadas por la perfección del dibujo, lo comentaron entre sí y asintieron dando a entender que comprendían que se estaba refiriendo al mar.

A la vista del éxito obtenido Ansoc golpeó varias veces la laja de piedra mientras señalaba un punto tras las montañas.

Las muchachas negaron al unísono indicando que debía desviarse hacia la izquierda, y la que se parecía a Naíma insistió señalando con una mano el dibujo y con la otra el nuevo rumbo que debería seguir.

Les dio las gracias dispuesto a seguir por el camino que le habían aconsejado, pero las muy desvergonzadas cuchichearon entre sí, se echaron a reír, y con obscenos gestos lo invitaron a que se introdujera en el agua.

–¡Apañadas vais! –fue la segura respuesta aún a sabiendas de que no le entenderían–. Si entro ahí en estas condiciones hago el ridículo.

Se alejó cojeando y dejando a su espalda a tres decepcionadas criaturas, aunque sin cesar de preguntarse qué habría ocurrido si la proposición hubiera tenido lugar cuando aún no le había picado la maldita alimaña.

En aquellos momentos estaría mordisqueando pezones e intentando que su inquieta anguila buscara bajo el agua cálidas cuevas hasta en que en la orilla aparecieran media docena de nativos.

Podría darse el caso de que no les importase que un forastero se dedicase a «confraternizar» con sus mujeres, pero también podía darse el caso de que no les hiciera mucha gracia y acabaran rebanándole el pescuezo.

«Distintos pueblos, distintas costumbres».

Lo que en verdad importaba era que las descocadas muchachas parecían sinceras, tanto a la hora de invitarlo a «confraternizar», como a la hora de mostrarle el camino.

Tras años de vagabundear sin ningún tipo de referencias, Ansoc había llegado a una lógica conclusión: existía un punto por el que salía el sol, otro por el que se ocultaba, otro por la parte alta de la imaginaria raya que los unía, y otro por la parte baja.

Con tan escasos medios de información –y por si fuera poco cambiantes puesto que el sol tenía la molesta costumbre de variar el lugar por el que hacía su aparición según las épocas del año– había conseguido hacerse una ligera idea sobre la forma y dimensiones de «la gran isla» sobre la que llevaban tanto tiempo deambulando.

Según sus cálculos, de haber continuado en la dirección que consideraba correcta tendría que haber llegado al bravío océano junto al que vino al mundo, pero tres desinhibidas jovenzuelas le habían hecho notar que si quería llegar a ese océano necesitaba desviarse hacia poniente, lo cual ponía en entredicho sus cálculos.

Confundido y casi perplejo, dibujó sobre la arena un gran círculo, que a su modo de ver representaba una isla, marcando el lugar por el que se suponía que saldría el sol y el lugar por el que se suponía que se ocultaría.

Permaneció horas observándolo y haciendo toda clase de conjeturas, sin que ninguna de ellas consiguiera aclararle cómo era posible que dirigiéndose siempre hacia el mismo punto no acabara por llegar el mar.

Y es que a todo lo largo de su vida nunca conseguiría saber que más allá de la cordillera comenzaba un continente, y ello era debido a que pese a lo que suponía no se encontraba en una isla, sino en la península más occidental de dicho continente.

Debido a ello experimentaba la rabia y la impotencia propias de quienes descubren que todo cuanto han dado por sentado es erróneo y siguen siendo juguetes en manos de fuerzas superiores que se divierten confundiendo a los seres humanos.

¿Debía rendirse ante ellas o plantarles cara arriesgándose a que acabaran destruyéndolo?

Cabría considerarlo un «ser o no ser» con miles de años de anticipación.

Decidió «ser» y reinició su camino más dispuesto que nunca a llegar su casa, le pesara a quien le pesara.

Siguiendo los consejos de aquellas a quienes estaría eternamente agradecido, dos semanas más tarde encontró un paso entre las montañas y alcanzó la orilla del mar.

Y aquel sí que era «su mar», violento, embravecido, rugiente y desmadrado.

Y solitario.

Desde la mañana en que conoció a las tres frustradas seductoras no había vuelto a ver a nadie, en parte por prudencia y en parte porque evitaba internarse en zonas en las que existiera el peligro de encontrarse con gente que no se mostrara tan amigable como ellas.

Y es que estaba cansado.

Cansado de cojear, cansado de ocultarse y cansado de esperar a que de improviso le volviera a ocurrir alguna desgracia.

Ahora allí, completamente a solas, se dedicó a la gratificante tarea de atiborrarse de pulpos, lapas, ostras, cangrejos y todo cuanto echaba de menos y que su organismo le pedía con insistencia.

Tres días de molicie disfrutando de una dieta a base de mariscos dieron como resultado que por las noches soñara con las muchachas de la laguna.

En una de las ocasiones en las que se despertó visiblemente excitado no pudo por menos que comentar:

–Ahora sí que os apañaría a gusto.

Pero ya estaban lejos.

A menudo pensaba en Mungo, en la disparatada pero eficaz idea que tuvo de no cargar con las conchas de los moluscos, y en lo mucho que había disfrutado a orillas de aquel otro mar en el que por las noches no se escuchaba el rugir del viento ni el batir de las olas.

Le habría encantado ver su cara al comprender que sus esfuerzos parecían estar dando fruto y que pronto abrazaría a su familia e incluso podría alegar que tenía derecho a que un guía lo condujera a través de los acantilados y los desfiladeros hasta el lejano valle de los *wairinos* con el fin de contarle a Lía la infinidad de sorprendentes aventuras que habían vivido, así como dibujarle el más hermoso de los bisontes que pudiera imaginar.

Aunque para ir a buscar a Lía y pintarle un bisonte tendría que recuperar unas fuerzas que amenazaban con abandonarlo porque a menudo la pierna le fallaba y el corazón parecía a punto de estallarle.

Con relación a la esperanza de vida de un hombre de su época, Ansoc había consumido prácticamente la mitad de su tiempo y nadie podría acusarlo de haberlo malgastado ya que había aprendido más sobre el mundo que la mayoría de unos contemporáneos que tan solo abandonaban sus territorios en muy contadas ocasiones.

Para bien o para mal los largos viajes dejan huella y con frecuencia profundas cicatrices, y la obtención de tantos conocimientos le estaban pasando factura.

Los éxodos motivados por guerras, hambrunas o sequías suelen arrastrar consigo a la mayoría de los miembros de una comunidad, que acababa por instalarse en otra parte, pero un viaje como el de Ansoc, motivado por una serie de acontecimientos que se habían ido encadenando sin que su voluntad interviniera, resultaba poco habitual, aunque en contrapartida aportaba una ingente cantidad de conocimientos que hubiera resultado imposible obtener de otro modo visto que aún faltaban miles de años para que se inventara la escritura.

Aún tardaría en nacer un Homero que cantara las hazañas de un Ulises.

Ansoc sabía que cuando contara su historia a sus familiares estos se las contarían a otros de tal forma que las horrendas *murkas* acabarían pareciendo hermosas ninfas y el esqueleto del dinosaurio petrificado una sanguinaria fiera aún con vida que le había perseguido por selvas y montañas.

Pero eso ya no sería culpa suya.

Él se limitaría a decir la verdad sin exagerar un ápice puesto que no era aquel un relato que necesitara adornos, pero le constaba que alguna noche el nieto del nieto de su nieto repetiría a la luz de la hoguera las fantasiosas aventuras de un lunático cuyos disparates no envidiaban ni a los de quien aseguraba que las montañas escupían rocas incandescentes o que existían ardientes desiertos en los que nada ni nadie conseguía sobrevivir.

De ese modo pasaría a ser recordado como el decidido muchacho que conoció dos mares diferentes, o como el mayor embustero en la historia de los *ghámanas.*

Pero si conseguía ver a Lía, Lía le creería.

De eso estaba seguro.

Se asombraría cuando le mostrara el dibujo de un monstruo capaz de tragarse a un hombre de un solo bocado, pero ni por un momento pondría en duda que lo había visto convertido en piedra.

La verdad es que se necesitaba mucha confianza a la hora de admitir una historia tan descabellada, pero si además le hubiera dicho que a pesar de ser de piedra volaba, también se lo habría creído.

Por algo era su hermana.

CAPÍTULO XXII
AGUAS MUERTAS

Reinició la marcha cojeando y en la mañana del cuarto día se internó en una cortina de agua, una lluvia monótona y tranquila, sin pausas ni rachas de viento, incansable y tan cansina que se diría que formara parte del paisaje, se encontrara allí desde el principio de los tiempos, y pretendiera seguir en el mismo lugar indefinidamente.

El terreno drenaba el agua formando riachuelos que descendían a pequeños saltos, sin nada en común con la destructiva fuerza del imparable diluvio que se había generado de improviso a orillas de «un mar que no era el suyo».

Y es que por enésima vez la naturaleza se empeñaba en demostrar que poseía infinitas formas de distribuir el más preciado de sus bienes, aquel sin el que nada ni nadie sobrevivía.

No hacía frío y aún faltaban meses para que llegara el invierno pero al poco Ansoc temblaba debido a que el encharcado terreno había reblandecido su rudimentario calzado y la persistente lluvia le calaba casi como si estuviera sumergido en el mar.

Avanzaba con gran dificultad obligado a sortear troncos de árboles caídos por culpa de los innumerables arroyuelos que socavaban la tierra y que habían dejado sus raíces sin puntos de apoyo.

Al parecer el agua que goteaba sin prisas desmoronando las laderas de las montañas y provocando deslizamientos de tierra debía llevar mucho tiempo cayendo día tras día y noche tras noche, por lo que Ansoc recordó que su padre aseguraba que cuando era niño habían estado cuatro años sin ver el sol.

Tan solo veían agua o nieve.

Ahora el sol tampoco brillaba puesto que el cielo era una opaca nebulosa gris, y tal como afirmaba el chamán, sin agua no había vida, pero sin sol el agua acababa por destruirlo todo.

El chamán no era muy listo pero en esta ocasión debía tener razón puesto que Ansoc llevaba horas sin ver una mancha de hierba, ni una flor, ni un ser vivo exceptuando unas aves marinas a las que no parecía importarles que el agua fuera dulce o salada y estuviera arriba, abajo o alrededor.

Abundaba el color verde, pero se trataba del verde oscuro de un musgo que se había instalado en todos aquellos puntos de los que no se había adueñado el fango.

Una hora después tiritaba.

La humedad le atravesaba la piel e incluso la carne fijándose en los huesos, con una desagradable sensación nunca experimentada anteriormente, y que acabó por obligarle a castañear los dientes.

Se esforzaba por seguir adelante pero cada vez le dolía más la pierna y se sentía más agotado por lo que descendió a la playa porque en ella el barro no se aferraba a sus pies ni el musgo le obligaba a resbalar a cada paso.

Tomó asiento en un desesperado intento por ordenar sus ideas.

Pero no era fácil.

Miles de años más tarde algunos expertos aventuraron que los efectos nocivos de incontables erupciones volcánicas habían sido los culpables de gran parte los cambios climáticos que habían afectado al mundo, y muchos debieron ser tales cambios a lo largo de esos miles de años por lo que resultaba factible que las masas de hielo cercanas a los polos hubieran desplazado al eje de la Tierra.

Dicho desplazamiento tal vez provocara el inquietante fenómeno que afectaba al lugar en que se encontraba ahora un infeliz al que le resultaba inconcebible que las nubes y la neblina que llegaban del océano permanecieran pegadas a las faldas de la cordillera sin mostrar el menor interés por alejarse.

Tras horas de reflexión se vio obligado a aceptar que quizás se estaba enfrentando a lo que los ancianos de la tribu denominaban «aguas muertas».

Cuando las aborrecibles «aguas muertas» descargaban al otro lado de la extensa cordillera, es decir, sobre valles, llanuras o montañas a cuyos pies se abrían grandes extensiones de terreno, se formaban ríos y lagos que generaban vida.

Pero cuando descargaban sobre laderas demasiado cercanas al mar tan solo se formaban arroyos que generaban lodo.

Y el lodo generaba erosión,

Y la erosión traía consigo la muerte.

Preocupado, más bien sería decir aterrado, ante la posibilidad de estar enfrentándose a semejante desastre, Ansoc observaba como los gigantescos acantilados de roca habían quedado al descubierto mientras una sucia pasta marrón se deslizaba entre sus grietas en un imparable avance que únicamente se detenía al llegar al mar.

Pero el mar tan solo la detenía a costa de quedar igualmente fangoso por lo que los cangrejos y los pulpos habían optado por alejarse y la única opción de alimento que quedaba eran lapas y almejas que sabían a barro.

Encontró una diminuta gruta en la que ni fuego pudo encender ya que la leña estaba empapada, y pasó la noche tras una cortina de agua aunque agradeciendo que casi de inmediato lo venciera el agotamiento puesto que prefería no pensar.

En aquella situación pensar dolía.

Cuando al amanecer despertó seguía lloviendo y seguía siendo la misma lluvia monótona y tranquila.

Reinició la marcha por la costa hasta que muy a lo lejos hizo su aparición el Pico del Águila, ascendió renqueante por el mismo sendero por el que tantas veces subiera corriendo y saltando perseguido por Lía, y al llegar a la entrada de la cueva comprobó que, tal como imaginaba, había desaparecido.

La entrada ya no existía a causa de los derrumbes pero estaba seguro de que tras aquella sólida masa de barro y piedras seguía existiendo la cueva en la que había nacido.

Permaneció un largo rato observando cada detalle del entorno y comprobando la solidez del obstáculo, y al fin llegó a una conclusión: detrás de aquel muro se encontraba su casa, la que venía buscando desde hacía años, el lugar en el que deseaba pasar el resto de su vida y ni una agua muerta ni un diluvio le impedirían volver a ella.

Con la lanza y una roca de punta afilada comenzó a golpear el obstáculo y al día siguiente había conseguido abrir un estrecho pasadizo que le permitió arrastrarse hasta el interior con el fin de comprobar que, tal como había supuesto, la cueva permanecía intacta.

La recordaba como un inmenso espacio de altos techos y firmes paredes capaces de resistir los embates del agua que había provocado los desprendimientos de la ladera de la montaña, y todo seguía igual debido a que un buen día los *ghámanas* comprendieron que el agua y la nieve habían venido para quedarse y no existía fuerza humana capaz de enfrentarse a ellas.

Se podía luchar contra tribus enemigas, osos, lobos, frío, calor o hambrunas, pero no contra un cielo eternamente neblinoso y un incansable goteo que destrozaba los nervios.

Ansoc se imaginó al chamán sacrificando un cordero y suplicando a los dioses que hicieran regresar a los vientos que alejaban las nubes, y supuso que debió sentirse avergonzado al comprender que los dioses no atendían sus peticiones.

El mensaje de esos dioses parecía muy claro: si los *ghámanas* aspiraban a sobrevivir debían marcharse.

Y a la vista estaba que se habían ido, pero lo que Ansoc no podía saber era ni cuándo, ni hacia dónde.

El cuándo resultaba en cierto modo predecible; debió ser el día que comprendieron que corrían el riesgo de quedar sepultados en vida debido a que el agua estaba socavando la ladera de un monte que no tardaría en derrumbarse.

El «hacia dónde» se habían dirigido resultaba mucho más difícil de determinar.

En dirección a levante no habían ido puesto que él había llegado desde allí y no había encontrado signo alguno de su paso.

Como hacia el norte tan solo se encontraba el océano, la única salida factible debió ser atravesando las montañas y siguiendo el camino que Mungo y él habían emprendido cuando los enviaron en busca de bisontes.

Su primer impulso fue partir en su busca, aunque tras dar los diez primeros pasos comprendió que no estaba en condiciones de llegar ni a la cima del Pico del Águila.

Restos de ponzoña continuaban ocultándose en algún rincón de su cuerpo y los esfuerzos, la tensión y la ansiedad de las últimas semanas habían conseguido que le volvieran a asaltar las fiebres, los dolores de cabeza y los mareos.

Necesitaba reponerse, necesitaba volver a ser el incansable Ansoc que salió dispuesto a traer a los bisontes asidos por los cuernos ya que cojitranco y enfermo no constituiría una ayuda, sino una carga.

Esa noche durmió al calor de la hoguera y fue un sueño muy largo debido a que por su mente se cruzaron gran número de los incontables acontecimientos de su excesivamente ajetreada vida.

Se levantó decidido a trabajar y trabajar muy duro.

Lo primero que hizo fue despejar por completo la entrada de la cueva y acumular en su interior toda la leña que le fue posible.

El fuego debía estar siempre encendido con el fin de mantener seco un espacio en el que años de abandono habían ido acumulando humedad y moho.

Cuando los *ghámanas* volvieran –y Ansoc se aferraba con desesperación a la idea de que volverían– debían encontrar su hogar tan acogedor como lo había sido siempre, por lo que se dedicó a recorrer la inmensa caverna procurando que todo volviera a ser como lo fuera antaño.

Revisaba cada detalle, desde del hogar en torno al cual se reunían a contar historias, a la zona en la que se afilaban las piedras de sílex, el rincón en que se sentaban a coser las mujeres, o las rocas sobre las que se curtían las pieles.

En cierto modo podría considerársele un prisionero de la lluvia, encerrado tras los barrotes formados por miles de millones de pequeñas gotas que no le impedían ir adonde quisiera porque sabía que en realidad no llegaría muy lejos.

Al estudiar los primeros tramos del sendero por el que se ascendía a las montañas comprendió que resultaba intransitable, y se arriesgaba a que su maltrecha pierna, el lodo, y sobre todo las gruesas capas de musgo, le hicieran resbalar hasta al fondo de un precipicio.

Sabía que bordeando aquellos precipicios y atravesando estrechos desfiladeros por una intrincada ruta que tan solo los guías conocían se podía alcanzar en tres semanas de dura marcha el territorio de los *wairinos*, y gracias a ello confiaba en que tal vez su familia hubiera acudido a solicitar la protección y hospitalidad de sus vecinos hasta que se normalizara la situación.

Resultaba difícil imaginar que los ancianos y los niños hubieran conseguido sobrevivir a tan duro éxodo, pero siempre resultaba mejor a suponer que habían seguido el camino que Mungo y él mismo siguieran puesto que en ese caso habrían ido a caer a manos de las *murkas* o de los pataslargas.

Aún no caminaba con soltura, no arrojaba la lanza con la potencia de antaño, ni hacía girar la honda con la misma velocidad, por lo que se concentró en restablecerse levantando piedras o yendo y viniendo hasta el fondo de la cueva intentando recuperar fuerzas.

Se alimentaba bien gracias a que cada cuatro días descendía hasta una ensenada a la que no llegaba el barro, y en la que se abastecía de peces, moluscos y crías de pardela que tostaba a fuego lento y constituían un manjar delicioso.

Lo que seguía conservando era su innata habilidad a la hora de dibujar, lo cual contribuía a serenarle y le ayudaba a superar el tedio de largas horas durante las cuales únicamente veía paredes de rocas y tan solo escuchaba la enervante canción del agua.

Comenzó entreteniéndose con esbozos de tórtolas y cervatillos hasta que un día advirtió que en el techo de una sala del extremo más alejado de la entrada de la cueva destacaba una protuberancia y que –dependiendo del ángulo desde el que la alumbrara la luz de la antorcha– daba la sensación de que se trataba del anca de un bisonte.

Quedó muy sorprendido, reparó a continuación en una grieta que recordaba el contorno de una pata, buscó un tizón, unió ambos puntos con un solo trazo y acabó por sonreír porque acababa de descubrir que en aquel techo se ocultaba la figura de un bisonte.

Probablemente nadie más lo sabía, pero él lo sabía.

Y sabía cómo obligarlo a salir de su escondite.

Tardó casi un mes en conseguir que emergiera con toda su belleza, su colorido y su esplendor, y cuando al dar por concluido su trabajo salió a respirar aire puro ni siquiera advirtió que había dejado de llover.

Por primera vez se sentía plenamente satisfecho de su obra y tan inmerso estaba en sus pensamientos que no reaccionó hasta que una ráfaga de viento le agitó el cabello y el sol le deslumbró.

Contempló el mismo paisaje que había contemplado la tarde en la que de niño lo sacaron a ver la luz, meditó sobre cuanto le estaba ocurriendo y al cabo de un largo rato llegó a una sencilla conclusión:

–Si por el hecho de pintar un bisonte he conseguido que vuelvan el sol y el viento, si pinto más bisontes conseguiré que vuelvan mis padres y mi hermana.

Se internó de nuevo en la cueva y se aplicó a la tarea de pintar los bisontes más hermosos que jamás hubiera pintado nadie.

Al poco volvieron las tórtolas.

Luego los ciervos.

Luego los caballos.

Continuó pintando hasta que un día escuchó voces y le resultó imposible determinar si provenían del exterior de la cueva o del interior de su cabeza.

Alberto Vázquez-Figueroa
Madrid, enero 2019

KOLIMA
BOOKS

CPSIA information can be obtained
at www.ICGtesting.com
Printed in the USA
LVHW022344140820
663222LV00011B/638

9 788417 566289